賭けた恋 上

ナナセ

Illustration : Neo Kannari

Contents

君に触れて

君を抱いた

深く、甘すぎるキスに

意識を飛ばした

許されなくても

禁忌《きんき》を犯しても

儚《はかな》く散った二人の恋を

ただ、もう一度…

実の兄を愛した妹

－早瀬《はやせ》　瞳《ひとみ》－

実の妹を愛した兄

－早瀬《はやせ》　聖《ひじり》－

2年前

あたしたち〝兄妹〟は

確かに世間も道徳も家族さえも捨てようとした——

第一章　―約束―

第一章　―約束―　　過去と未来

実の兄を愛した妹。
実の妹を愛した兄。

２年前。
あたしたち〝兄妹〟は、確かに世間も道徳も家族さえも捨てようとした。
禁忌を犯し、禁断の向こう側に見た景色は、あたしたちの胸に深い傷跡を残し、満天の星空の下へと消えていった。

それでも確かに存在した気持ちだけは否定したくなかったから。
もう無かったことになんてしたくなかったから。
かけがえのない愛を与えてくれた貴方《あなた》のことは、どうしても忘れたくはなかったから。

だから、ね？
〝兄妹〟に戻った今も、ずっと貴方だけを想《おも》って生きたいと、そう願ってたんだ――…

ねぇ、聖。
聖は覚えているのかな？
別れ際に紡いでくれた言葉に未来を託し、繋《つな》げようとしてくれた二人の運命を。

[大人になったら結婚しよう――…]

これがあたしに聞こえていたならと。
こんなにもあたしたちを嫌う神様に賭《か》けた、最後の賭けを。

あたしが20歳になって、聖が22歳を迎えるこの季節。
大人になったあたしたちが、今度こそ、すべてを捨ててでも手を取り合って歩いていけるように。
雪解けを待ち、白く凍《い》てついた世界から顔を出した芽吹きのように。

ねぇ、聖？
あたしはもうすぐ20歳の誕生日を迎えるよ？
そのときはまた、ちゃんと伝えてくれるのかな？

ねぇ、聖？
最後の賭けに勝つのは、

どっちかな――…？

＊　＊　＊

「…なん、で…っ⁉　目覚まし壊れてるじゃない…っ‼」
ベッドから跳ね起きたのと同時に、あたしは枕元に置いてあった目覚まし時計を凝視した。
針はセットした時刻からもうすでに30分も過ぎており、刻々と遅刻へのカウントダウンを辿《たど》っている。
あたしは寝癖のついた髪を乱暴に掻《か》き乱すと、近くにあったカーディガンを手早く着込み、いつもなら後ろ髪を引かれるような思いを与えるベッドから逃げるようにして飛び降りた。
「さむ…っ」
飛び降りて、頬《ほお》を撫《な》でる冷気に無意識に漏れた声。
フローリングの床はひんやりと冷たくて、カーテンの隙間《すきま》から差し込んでくる陽射《ひざ》しにさえ、ほとんど温かさは含まれていない。
11月を終えようとしている朝は肌寒く、あたしはまだ暖房の行き渡らない部屋に背中をブルリ…と震わせた。

早瀬瞳。
19歳。
ごく普通の家庭に長女として生を享《う》け、現在は保育士の資格を取るために短大へ通っている。
そんなあたしも、もうじき20歳の誕生日を迎えようとしていた。

「いやだ、また寝坊？」
簡単にメイクを済ませ、リビングに滑り込むようにして足を踏み入れたとき。
遅刻寸前のあたしに投げかけられたのが今の言葉で。
声のあったほうを見れば、そこにはキッチンのカウンター越しに顔を覗《のぞ》かせた母が、怪訝《けげん》そうな表情であたしのほうを見つめていた。
「いい加減、余裕くらいもう少しもったらどうなの？」
「…分かってるってば」
「ほんとかしらね」
あたしは呆《あき》れた表情の母を軽く睨《にら》みつけ、ダイニングテーブルに置いてあったクロワッサンをひとつ口に放り込む。
「瞳、コーヒーは？」
「ん、ほしい」
「…ったく。女の子なんだから、本当はそれくらい自分でしてほしいんだけど？」
コトリと置かれたコーヒーカップ。
カップの中を、真っ白なミルクが渦を巻いて踊っている。
「…、」
あたしはパステルピンクに縁取られたカップを口へと運び、ミルクたっぷりのコーヒーと一緒に、パンも文句も一気に喉《のど》の奥へと流し込んだ。
ミルクの甘みがふんわりと舌を包み、かすかに香る苦味に眉《まゆ》を寄せる。
ふと、ニュースを読むアナウンサーの声に耳を傾けたとき。

画面の片隅に表示された時刻に、あたしは慌ててコーヒーカップをテーブルの上に置いた。
「やっば…っ！」
遅刻寸前のあたしは、優雅に朝食をとっている暇なんてなかったのだ。
そんな焦りとは裏腹に、「お弁当、まだ出来てないわよー？」と、キッチンのほうからは母の間の抜けた声が飛んでくる。
あたしは母の声に小さく唸《うな》り、母が作ってくれているお弁当を待ってる間、歯磨きを終わらせるために洗面所へと急ぐことにした。

足早にリビングを出て、廊下の突き当たりを曲がった場所にある洗面所。
「…あ、れ？」
朝のこの時間帯。
いつもはあたしが独占してるっていうのに、今日に限っては、なぜかオレンジ色の淡い照明が廊下のほうまで漏れていた。
パパ、かな？
毎朝、早くに出勤してしまうパパと顔を合わせるのは本当にめずらしい。
あたしは〝おはよう〟って挨拶《あいさつ》を喉元まで出しかけながら、オレンジ色の溢《あふ》れる洗面所へと近寄った。
近づいて、ヒョイと顔を覗かせたとき。
「おはよ」
ふと聞こえてきた声に、あたしの予想は驚きとともにくずれていった。
洗面台の鏡を通じて、先にあたしの存在に気づいたのだろう。
水が流れる蛇口をキュッと捻《ひね》りながら、鏡越しに見えた人物は不敵な笑みを浮かべている。
「聖…、」
「瞳サンは今日も相変わらず遅刻ですか？」
フッと唇の端を上げ、聖はワックスのついた指をサッと髪に絡ませた。
「もっと余裕もって起きたほうがいいんじゃねぇの？」
「…ママにも同じこと言われたんですケド」
「だろうな」
金色に近い茶髪は今も昔も変わらない。
無造作に遊ぶ髪を見つめながら、ふと蘇《よみがえ》ってしまう過去に胸がチクチクと痛む。

たとえば２年前。
その明るい髪に指を通し、くしゃくしゃに撫でていたのは、確かにあたしの指だったのに。
そう思いながら、今は触れることさえ許されない境遇に、寂しさは募るばかりだった。
…なんて、今さら懐かしんでもどうしようもないってことくらい、ちゃんと分かっているのにね？
誕生日が近づく今も、聖が２年前に交わした約束を口にすることは一切なかったから。

「…ってか、聖がこんな朝早くから起きてるのもめずらしいね？」
つい過去を思い出してしまった自分を悔やみ、それを隠すために言葉を紡いだ。
「今日は朝から大学？」
４年生にもなれば、単位さえとれていればわりと自由な時間は増えてくるはずだ。
なのに、鏡越しに見た聖は明らかに部屋着ではない格好をしている。
部屋着用のスウェットは脱ぎ捨てられ、代わりに黒のロンTに焦げ茶色のシャツを羽織っていた。
「いや、今日は朝から講師のバイト」
「へぇ…」
あたしは歯を磨きながら。聖は香水を手首に擦《こす》り合わせながら。
狭い洗面台の前に肩を並べ、鏡に映った姿を相手に言葉を交わす。
「瞳は懲りずに寝坊してばっかだよね？」
「し、仕方ないじゃんっ！」
肩を並べ、会話する兄妹。
こんな風景なんて、何千も何万もあるはずなのに。
なのに。
あたしの胸はこんなにもドキドキしている。チクチクと痛んでいる。
「仕方なくないっつうの」
そう言って、聖はからかうようにして髪をくしゃくしゃと撫でてきた。
髪を梳《と》き、あたしに触れる指。
ふんわりと運ばれてきた香水の匂《にお》いが鼻を掠《かす》め、昔と変わらないベビーパウダーの香りに胸がトクン…と揺れる。
「…っと、このままじゃ俺《おれ》もお前と同じだわ」
「へ？」
「遅刻魔♪」
な、ななな…っ。
「し、失礼ねぇ…っ！」
「んじゃ、お先」
「ちょ…っ」
聖は最後に頭の上にポンッと手を乗せると、そのまま手をひらひらと振りながら、洗面所を出て行った。

「んもー…」
乱れた髪を手ぐしで直し、それでも真っ赤になった頬までは隠せない。
あたしは髪に残った温《ぬく》もりに名残惜しさを感じつつ、吐《は》いたタメ息と一緒に廊下に消えた背中を見送った。
「…、」
あれからもう、２年もの月日が流れてしまったんだね。
この２年間。
あたしは気が遠くなるほどの長さを感じていたんだよ？
ねぇ、聖。
聖はこの２年間をどう思って過ごしてきた？

少しは寂しいって、思ってくれた？

「…話したいよ、もっと…」

両親たちが〝家族〟の修復を望み、あたしたちを離れ離れにしなかったように。

あたしたちも…

〝親〟の気持ちを知ってしまったからこそ、家族を捨てきることは出来なかった。

その場に残る、香水の匂い。

離れてもなお、あたしの隣には聖がいたってことを証明してくれる。

「…ダメだなぁ、」

たぶん。

今になって強くこう思うのは、もうじきあたしが20歳の誕生日を迎えるからだろう。

最近は聖と会話するたびに、いつもこんなもどかしい気持ちに陥ってしまう。

あたしは深い息を吐き、頬をペチペチと打った。

「切り替えなきゃ…」

頬の痛みに意識がはっきりとして、鏡に映る自分をじっと見据える。

さっきよりは生気を取り戻した自分の顔。

その顔に大丈夫。って頷《うなず》いたとき。

「瞳ーっ⁉」

廊下のほうから母の呼ぶ声が聞こえ、思考を占領していた過去が次第に薄れていくのを感じた。

「いい加減、遅刻するわよー？」
「あ、はぁーい！」
母の声を合図に過去は完全に姿を隠してしまう。

いつもそう。
両親の中では、あの２年前の出来事が、すべてなかったことになっているのだ。
聖に片想《かたおも》いしてた自分も、好きだと言われてキスをした瞬間も、なにもかも捨てる覚悟で愛し合った事実も、その果てに授かった子供の存在も。
なにもかもが否定されるように、なかったことにされている。
あたしは母にふたつ返事で言葉を返し、ここから逃げるようにして玄関へと急いだ。

途中、勢いまかせにバッグを手に取って、茶色いストレッチブーツに足を滑り込ませる。
トントンとつま先を鳴らし、ドアノブを捻った途端、玄関に広がるのはガチャ…ッという施錠の解かれる音。
「行ってきます…！」
そう言って、外へ一歩を踏み出したとき。
「遅すぎ」
突然、耳を掠《かす》めた声に、あたしの心臓はビクンと大きく跳ねた。
「な、聖…⁉　なんでここにいるのっ⁉」
「さぁね」
さぁねって…

だって、さっき、お先にって…
煙草《たばこ》を咥《くわ》え、聖は外の玄関扉に寄りかかっていた。
しゃがみ込んでいるせいで聖の顔はだいぶ低い位置にあり、不敵に細められた瞳が口をパクパクとさせているあたしを見上げてくる。
そんなあたしを横目に、聖は落としていた腰をダルそうに持ち上げたあと、煙草の火を地面に押しつけながら言った。
ジ…ッと、火種が消える音がする。
「遅れるよ？」
「へ？」
「学校」
一瞬、なにを言われているのか分からなかった。
首を傾《かし》げ、パチパチと瞬きをする。
が、パンツの埃《ほこり》を掃《はら》いながら、ニッコリとあたしを見つめてくる聖に、あたしは慌ててバッグの中からケータイを取り出した。
取り出して、ようやく遅刻寸前だったことを思い出したあたしはハッとする。
「…うっそ！　もう９時半過ぎてるじゃない…っ」
ディスプレイの光が陽射しに溶ける。
反射したディスプレイは見えにくく、かろうじて見えた数字は〝09:36〟を示していた。
今日の授業は10時から。
駅まで15分、そこから電車で20分先にある短大にはどう頑張っても着けるわけもなく。
「…遅刻だ」

そう言って、あたしはガックリと肩を落とした。
もちろん、あたしだって単に朝が苦手で寝坊してるわけじゃない。
卒業後は一刻も早く一人前の保育士になりたくて、夜はほとんど勉強の時間に当てていたのだ。
そりゃ、言い訳だって言われたらそれまでだケド…

「…、」
喉がクッと鳴る。
あたしはつい口に出してしまいそうになった言い訳をグッと噛《か》み締めた。
中途半端なあたしに、聖も呆れてしまったのだろうか。
わずかに顔を上げ、なにも言わずに歩き出した聖の背中をジッと見つめる。
11月を終えようとしている外気は肌寒く、パタパタとなびく髪が今はものすごく遠かった。
前を見据え、黙々と歩幅を広げていく聖。
まるで二人の距離を転写しているような図は、過去を思い出していたあたしの胸を容赦なく締めつける。
「…瞳？」
「へっ？」
しばらく無言のまま歩数を重ねていたとき、突然呼ばれた名前にハッと顔を上げた。
距離は保たれたまま、あたしの間の抜けた声が静かな住宅地に小さく溶ける。

聖はピタリと足を止め、振り向いた顔には冬独特のキーンとした木漏れ日が重なっていた。
「頑張ってんだ？」
優しく細められた瞳が空中でぶつかる。
なんのことか分からず首を傾げたあたしに、「保育士の勉強」と聖はすかさずそう言った。
「保育士の勉強って…、」
「うん。瞳の部屋、毎日夜遅くまで明かりがついてるみたいだったから」
まさか、あたしが遅くまで勉強してたのを知ってたなんて…。
「頑張ってんのは分かるけどさ、」
聖はあたしとの距離をおもむろに詰めると、心配そうな面持ちで髪に指を絡ませた。
絡ませて、「無理はよくねぇよ？」そう言うと、髪をサッと後ろに流される。
静かに吐かれた言葉は、締めつけられていた胸を優しく優しく解いていった。
「…聖？」
ただ、いつもと様子が違うような気がする。
不思議そうに聖を見上げ、二人の視線が絡み合う。
「なに？」
「やっ！　なんでも…っ」
そして思いっきり目を逸《そ》らしたバカなあたし。
「わざとらしー」
逸らされたことに納得がいかないのか、聖は呆れたような目をあたしに向ける。
この視線。
聖を好きなあたしにとっては、かなり苦手だったりするんだけど…。
「どしたー？」
「べ、別にっ？」
明らかにあたしの反応を楽しんでいる聖に悔しさを覚えて、つい強がってはみるものの、でも次第に近づいてくる聖と顔を合わせることは出来なかった。
視線を落とし、足元のアスファルトの上を這《は》う視線。
ふいにアゴをすくわれて、「逸らすなって」そう言った聖の唇が異様に近い。
…どうでもいいけど、いや、どうでもよくないけど…
「聖…っ、顔、近すぎ…！」
すっかり茹《ゆ》でダコ状態になってしまったあたしは、聖の身体をグイグイと押し退《の》ける。
が、ビクともしないのは聖とあたしの力の差だろう。
「瞳さん、顔赤いよ？」
「誰のせいだよ…っ！」
ケラケラと笑い飛ばす聖を思いっきり睨《にら》んでやる。
顔が赤い以上、そこに迫力なんてものはもちろんない。
ってか、やっぱりいつもの聖と違うような気がする…！
あたし自身、こういうのに免疫がなくなってるっていうのもあるけど、てか恋人同士だったときもめちゃくちゃ恥ずかしがってたけど…！

それでも２年ぶりなのだ。
こういうふうに、聖がからかってくるのって…
「…瞳？　しばらく歩きながら話すか？」
「へ？」
「…なんか、俺ら周りから注目されてる」
そう言った聖の顔は、めずらしくテレくさそうだった。
その声にちらっと周りを見渡して、あたしは朝の駅というものが、通勤するサラリーマンや通学する学生でいっぱいなのを改めて知った。
そして立ち止まったまま、近づき合うあたしたちに、好奇の眼《まな》差《ざ》しを向けるギャラリー。
「…そ、そだね！」
ハニかんだ笑顔を見せて、あたしたちは逃げるようにしてその場を離れた。
真っ赤な顔。
すごく熱い。
ねぇ、聖。
なにを企《たくら》んでるの？
なにを考えてるの？

「…瞳？　久しぶりに手でも繋ぎませんか…？」
突然の言葉にハッと顔を上げて、恥ずかしそうに手を差し伸べてくる姿が目に映った。決してこっちを見ようともせずに、手を差し伸べてくる聖。
髪を掻き上げながら、立ち止まっている姿に胸がトクン…と揺れる。
だって、こういうことされたら期待しちゃうよ…？
聖も…、あたしがもうすぐ20歳の誕生日を迎えることを意識してるんじゃないかって…
「…繋がねぇの？」
なかなか手をとろうとしないあたし。
それを急《せ》かす聖の声が酷《ひど》くじれったい。
このまま強引に握ってほしいって、そう思ってる。
「…やっぱ、２年ぶりだから緊張すんな？」
そう言った聖が苦笑を漏らす。
「…心変わりでもした？」
その切なげな笑顔に目の前が揺れて、頬を伝った涙が地面に落ちていくのが分かった。
「…繋いでよ」
ゆっくりとあたしの元へと歩み寄り、溢れた涙を親指で飛ばす。
周りのサラリーマンたちに注目されたのが恥ずかしくて離れようとしたのに、これじゃあなにも変わらない。
それでもこんな駅のど真ん中で泣いてしまったあたしを、聖は文句ひとつ言うことなくなぐさめてくれる。
「勝手に繋ぐよ？」
だらんと落ちた手を持ち上げるように触れて、優しく絡み合っていく指先たち。
「ひじ、り…」
気持ちは嗚咽《おえつ》に掻き消され、あたしは名前を絞り出すだけで精一杯だった。

絡み合う指先は、解かれた関係を繋ぎ合わせるように、また二人の想いを交差させていく。
「…覚えてたの？」
「なにが？」
誕生日。
あたしが20歳を迎える誕生日に約束した言葉を…
「忘れるわけねぇだろ」
その言葉にあたしの涙腺《るいせん》は完全に崩壊してしまった。
「また泣いた♪」
「だってぇー…」
まさか覚えてくれてるなんて。
覚えているのはあたしだけだって思っていたのに…
押さえ込んできた気持ちを解放するように空を仰いで、とめどなく溢れる涙を堪《こら》えることなく流し出す。
二人で交わした約束だけ信じ、気持ちを押し殺したまま過ごしてきた２年間。
やっと。
やっと。
誰よりも愛《いと》おしい貴方に伝えられる喜び。

好き。
愛してる。
この、たった一言だけを伝えたかった——…

「愛してる」
両親が望んだ〝修復〟に従うように兄妹に戻ったけど、でも寂しさで枕《まくら》を濡《ぬ》らす夜はたくさんたくさんあったんだ。

「あたしが言いたかったことを先に言わないでよ…っ！」
「言ったもん勝ち♪」
「ばかぁ…」

何も変わらない朝の風景。
何も変わらない兄妹の朝。
ふとお互いの指先が絡み合ったとき。
止まった過去が、またゆっくりと動き出す。
そんな朝の風景となった——…

第一章　—約束—　　守りたい人

「…のろけかよ」

朝、瞳と別れたあと、バイトを終えた俺は大学の中にある喫茶店へと足を運んでいた。

木目調のカウンター席へ座り、アイスティーの氷を無意識にかき混ぜていると、ふいに目の前にいる店員が大きなタメ息を吐《は》きだした。

吐いて、朝の出来事を包み隠さず話した俺に投げかけられたのが今の言葉で。

「…のろけってなんだよ」

「はぁー…」

ようやくさ…？

すれ違いの日々から解放されて、やっと好きな女と交した約束を２年越しに確かめ合えたっていうのにさ？

「葵《あおい》、タメ息とかまじウザいから」

「お前がだっつうの！」

せっかくいい気分だったのに。

客に悪態をつく店員にタメ息を吐き、仕方なく葵の入れたアイスティーを口に含んだ。

「…つーかさぁ、こんな真っ昼間からアイスティーなんて飲んでていいわけ？」

「いいのー」

「いいのって…、聖、午後は講義入ってたんじゃねぇの？」

口うるさい親のような葵の小言を聞きながら、俺は不機嫌そうにストローを咥《くわ》える。
葵の言う通り、今日は午後から講義だって入っている。
こんな真っ昼間から喫茶店に入り浸っているのも俺くらいしかいない。
俺だって、出来ることなら葵の文句を聞いてまでアイスティーなんて飲みたくねぇよ？
ただ、こいつも俺と瞳の仲を心配してくれた奴《やつ》の一人だから、今日のことを真っ先に報告したいと思ったんだ。
まぁ、素直に礼を言えないのがもどかしいんだけど。
「それ飲んだら帰れよ？」
「えー」
「営業妨害だっつうの！」
葵は呆れたように盛大に息を吐くと、自分の髪をくしゃくしゃと掻き乱した。
「…ったく。いいかげん冷静になっとけよ？」
カウンター越しに食器を拭《ふ》きながら、今までのことを心配してくれた分、これからのことに釘《くぎ》を刺すのも忘れない。
「俺は冷静だよ」
「ほんとかよ？」
俺は咥えたストローを解放し、わずかに姿勢を正してから小さく頷いた。
「…もう２年も経《た》ってたんだな」
葵の言葉に窓辺のカーテンが揺れて、冬特有の乾いた風が俺たちを包み込む。

２年前の出来事は、俺にとっても、瞳にとっても、もちろん目の前にいる葵にとっても、絶対に忘れることのない〝事実〟として刻み込まれているのだろう。
それくらい、大切に想い、傷つき、たくさんのものを失ってきたから。
それを自分のせいで壊してしまったときは、どうしようもない憤りを感じて、何度も何度も自分を見失いそうになったっけ。
「…今度は大事にしろよ？」
「は…？」
「愛しい愛しい瞳チャン♪」
真剣な顔をしてたかと思えば、いたずらに笑った葵に思わずアイスティーを吹き出した。
「次、手放したときは俺が奪っちゃうよん？」
「あ？」
その予想もしなかったセリフに、つい間の抜けた声が上がる。
「…なにソレ」
「さぁ、なんでしょう？」
瞳のこと、まだ諦《あきら》めてないとか言い出すんじゃないだろうか？
そう思ったら急にソワソワしてしまって、なんとも思わなかったこの空間がどうしようもなく居心地悪く感じてしまう。
もちろん、ヘラヘラとした表情から真意を読み取ることはむずかしい。
「……」
俺、根本的に間違ってた？
瞳を好きだと言っていた葵に、瞳との仲を報告しに来るべきではなかったのだろうか。
少なからず浮かれていた自分。
何事もなかったように話を聞いてくれた葵に、突如、申し訳ないという感情が芽生えた。
「聖？」
落とした視線の先。
冷えたグラスの中を、溶けかけた氷がぐるぐると渦を巻いている。
「本気だって言ったらどうするよ？」
おかしそうに言う葵の真意がまったく分からない。
つーか、冗談の可能性のほうが高いんだろうけど、でも一度は〝瞳が好きだ〟ってカミングアウトしてたくらいだし…
「…どっち？」
「さぁ♪」
恐る恐るでしか聞けない自分。
葵のその余裕がかなりムカツク。
俺は残り少ないアイスティーを一気に飲み干して、ジャケットのポケットからおもむろに煙草を取り出した。
それを１本だけ取り出して咥えると、イライラをぶつけるように煙草の箱をテーブルへと投げつける。
「…お客さんねぇ。店内、禁煙なんですがー？」
「知るか」
大きく足を組んで、室内禁煙おかまいなしに思いっきり煙を飛ばす。
ゆらゆらと立ち上る紫煙を見つめ、「自己中～」そんな葵の嫌みをさらりと聞き流したとき。
俺と葵の声しかしない店内に、突然、扉に付けられた綺麗《きれい》な鈴が心地よく響いた。

「あー…お店ん中、禁煙だって書いてあるのに」
葵とはまったく違う声で、まったく同じことを言う女の声。
トントンと壁に貼《は》ってある注意書きを手の甲で打ちながら、近づいてくる足音に煙草を吸うことさえ忘れそうになる。
「あれ？　今日はバイト休みじゃなかったっけ？」
「えぇと、今日はお休みだったんですけど…」
「あぁ、目的はこいつってわけね」
俺よりも早く女の存在に気づいた葵は、急にしかめっ面だった表情を緩め、ワントーン高めの声で女に話しかけている。
そして、葵に指でさされたことに顔をしかめながら、俺はすぐ後ろで感じた気配にゆっくりと振り返った。
「…瞳？」
「ま、また会ったね？」
朝、短大まで送り届けてから約５時間振りの再会。
未《いま》だ恋人同士の関係に慣れていないのか、俺の隣に腰を下ろした瞳の頬はピンク色に染まっていた。
たぶん、慣れていないのは俺も同じだろう。
「き、来たんだ？」
冷静を装いつつも、ふいに近づいてきた距離に嫌でも心臓が飛び跳ねる。
それを悟られるのが悔しくて、俺は慌てて咥えた煙草に逃げることにした。
「あ、他にお客さんが来る前に煙草は消してよね？」
「…分かったって」
半分くらいまで短くなった煙草を指さされ、俺は仕方なく吸いかけの煙草を携帯灰皿に押し込めると、「うっわー…」と呆れた声を漏らす葵と目が合った。
「…んだよ」
「べっつにー？　ただ、俺が消せって言ったときは〝知るか〟とか言ってませんでした？」
「だっけ？」
本当は覚えてたけど。
でもいちいち相手にすんのが面倒で、顔を背けたままわざととぼけてみせる。
「瞳ちゃんからも言ってやってよー？　もう少し俺にも優しくしろって！」
「ははっ、優しくされたいんだ？」
「…いや、優しい聖は聖じゃねぇか」
「確かにっ！」
自分で優しくしろって言ったくせに。
それは俺をけなしてんのか？
しかも、瞳までなにを言い出すんだか。
目の前で楽しそうに笑い合っている二人。
それに少なからず嫉妬《しっと》してしまうのは、俺の心が思った以上に狭いせい。
なんとなく仲の良い二人を見ていたくなくて、俺は瞳の持っていたバッグを手に取ると、そのまま無言で席を立った。
「あれ、もう帰るの？」
そんな俺を不思議そうに見て。
「聖ってば､俺と瞳ちゃんの仲に妬《や》いちゃってんじゃねーの？」
ニヤッと笑った葵の言葉。
「うるさい」
悪かったな。
お前の言う通りめちゃくちゃ妬いてるっつうの。
俺は満足そうに笑っている葵を睨みつけ、つられて立ち上がった瞳の手をおもむろに握った。
「…聖？」
「…帰んぞ」
「え、講義出なくていいの？」
「へーき」
っていうより、このまま瞳と帰りたい。
そんなことを思いながら、いたずらっぽく笑った葵に見送られ、いそいそと喫茶店をあとにした。

「んーっ！」
キャンパスからまっすぐ続く帰り道。
住宅に囲まれた、たいして広くもない道を二人仲良く並んで歩く。
俺はずっと座りっぱなしだった身体《からだ》を思いっきり空に投げ出して背伸びをした。
かすかに吹く風が髪を揺らし、隣にいる瞳の香水の匂いを届けてくれる。
「変わってねーな？」
「へ？」
「ローズ系の香り」
気高さと華やかさを司《つかさど》る薔薇《ばら》の香り。
その香りに別れを告げた夜のことが蘇って、疼《うず》いた胸に〝もう絶対に離したくない〟という想いが募った。
「どうせ、聖もベビーパウダーの香りでしょ？」
横に並んだ距離を一歩だけ詰めて、クンクンと犬のように鼻を寄せてくる瞳。
急に近くなった距離に、まるで芯《しん》が通ったように背筋が伸びる。
やっぱり俺も慣れてないと思った。
「やっぱり♪」
そう満面の笑みで微笑《ほほえ》んだ瞳に完全に完敗だ。
俺はカタチにならないタメ息を吐いて、ふと視線の先に見えたコンビニを指さして言った。
本当は朝から思うことがあったんだ。
瞳とまた一緒になれたからこそ叶《かな》う願い。
離れてもなお、俺たちの絆《きずな》を繋いでいられたのは、禁忌を犯した俺たちのもとに生を宿し、事故に遭った瞳を助けてくれた心優しい赤ちゃんがいてくれたおかげ…
「…２年前みたいに…、二人でお参りに行こう？」
満天の星空に送り出したあの夜のように。
たくさんのお菓子とおもちゃをコンビニで買い込んで。
「これからは家族三人一緒だよ？って…」

そう報告しに行こう？
「…二人で？」
「離れている間、ずっと片親だけのお参りだったからな…」
言った途端、瞳の眼差しが大きく揺れた。
それが頬を伝うのも時間の問題だろう。
おれは瞳のまぶたにそっと指を添えて、「お前が泣いたら心配するぞ？」そうクスリと笑ってやる。
「…赤ちゃんが？」
「俺も、ね」
「なにそれ」
ふと口元を緩めた瞳に、俺の張り詰めていた緊張もフッと解けた。

瞳が泣き止むのをしばらく待って、先に見つけたコンビニに足を踏み入れる。
入った途端、温かな暖房が頬を包み込む。
大学の傍《そば》にあるとはいえ、昼下がりを迎えた頃のコンビニには数人の客がいるだけで、静まり返った店内にはただ有線のメロディーがひっそりと広がっていた。
「飲み物は牛乳でいいよね？」
まずは飲料売り場に足を運び、瞳はたくさんある種類の中から念入りに品定めをする。
たぶん、送り出したときの年齢を思い浮かべて牛乳にしたんだろうけど、でも実際はあれから２年も経ってるんだぞ？
「牛乳よりは苺《いちご》牛乳のほうがいいだろ」

生きていたら２歳のはずだ。
俺だったら味気ない牛乳よりは甘い苺牛乳を選ぶ。
そんな勝手な先入観から、おもむろに苺牛乳へと手を伸ばしてカゴに入れる。
「甘党〜♪」
「うるせー」
絶対に甘いもののほうが喜ぶっつうの。
２歳の子供なら絶対そうに決まってる。
いたずらな笑いを浮べ、子供をあやすように髪を撫でてくる瞳の手を首を振って回避する。
俺はそっぽ向いたまま、今度はお菓子売り場へと向かった。
「まだ硬いものは食べられないんじゃない？」
スナック菓子を手に取る俺にアドバイス。
「お菓子よりはシュークリームとかのほうがいいよ」
そう言いながら、瞳はパタパタとデザートコーナーに走っていった。
「ほら♪　こっちのほうが美味《おい》しそうじゃん」
「瞳が食べたいだけじゃねぇの？」
「いいのー」
頬を膨らませ、シュークリームを３個ほど入れると、そのまま棚の上を指でなぞりながら、目にとまったチョコのエクレアも３個チョイスする。
「あとはー…、プリンとかもいいよね？」
やっぱり３個のプリンを手に取った瞳。
つーか、同じものを３個って一体どうなわけ？

「…あ、その目。なんか勘違いしてない？」
「いや…別に？」
「ほんとに～？」
ちらーっと逸らした視線に、おかまいなしに向けられたのは疑いの眼。
まさかさ？
せっかく子供のために一生懸命選んでいるのに、せめていろんな種類のものを買ってやれば？
なーんて、言えるわけがない。
「怪しいんだぁ」
「怪しくなーい」
未だ疑う瞳を無視し、シュークリームとエクレアとプリンでいっぱいになったカゴをレジへと持っていった。
途中、「これもっ！」って、雑貨売り場から持ってきた小さなマスコットを見て、喜んでくれるかな？って言った瞳に笑って頷いた。
「…合計1,627円になります」
すかさず財布を取り出そうとする瞳の手を無言で止めて、千円札２枚で数枚の小銭を受け取って店を出る。
「あの、お金…」
申し訳なさそうに俺を見上げるもんだから、「パパは働いてるし♪」そう笑って見せた。
まぁ、変わらず塾の講師なんだケド。
それでもシフトの少ない瞳よりは、だいぶ金回りがいいのも確かだ。

夢のために勉強を頑張っている瞳を俺なりにサポートしたいと思ったんだ。
「…ありがとね？」
「いーえ」
瞳は母親だから子供にはたくさんの愛を与えてほしい。
俺は父親だから二人を守れるくらいの力があればいい。
…平凡だけど、でも当たり前の日々が俺たちにとっては最高に幸せなこと。
「半分持つね？」
そう言った瞳が買物袋の持ち手を半分掴《つか》む。
「重いよ？」
「聖が半分持ってくれてるから大丈夫！」
反対側の手でピースを作って笑う瞳に本当に心が温かくなる。

バスを使えば10分もしない場所に例の交差点がある。
俺たちは徒歩での移動を選んで、それでも徐々に近づいてくる交差点に表情も強張《こわば》った。
「…大丈夫か？」
気がかりなのは瞳の心境。
また自分を責めて、泣き出すんじゃないかと心配だった。
二人の問題なのに、すべてを抱え込んでしまいそうな瞳に胸が痛くなる。
「…聖？」
「へ…？」
「へ？　じゃないでしょ？　聖こそさっきからボーッとしっぱ

なしだよ？」
その声にハッとして、目の前で手を振りながら「大丈夫？」と首を傾げる瞳に気づく。
「あぁ、わりぃ…」
不安げな瞳を安心させるためにすかさず微笑んだとき。
「着いた——…」
車が滑る音に混じり、今にも消えそうなほどの声を耳がキャッチした。
ゆっくりと近づいていく背中を追って、ゴクリと息を飲みながら瞳の隣に肩を並べた。
「…貸して？」
「あぁ」
瞳に買物袋を預けて、はたから見ればなんてことない交差点の前に腰を下ろす。
冷たく無機質なコンクリート。
２年前のあの日から何ひとつ変わることなく、悲しさと辛《つら》さだけを記憶している場所。
「…ねぇ、元気にしてるかな？」
買ってきたお菓子を並べ、手を合わせた瞳は、言葉少なめに前を見据えている。
…意外だった。
悲しさ故に、涙を流すんじゃないかと思っていた俺は、無表情ながらも、しっかりとした眼差しで我が子が逝った場所を見つめている瞳の様子に正直驚きを隠せなかった。
「きっと元気だよね？」

「え…？」
「あたしたちの赤ちゃん」
少しの哀《かな》しみを引き連れながらニッコリと笑った瞳。
情けないのは俺のほうだった。
俺は気の利いた言葉ひとつ言えやしないっていうのに、離れていた２年もの間に瞳はこんなにも強くなっている。

子供を想う母親の目。
強く優しい母親の目。
…俺は、そんな瞳を守っていける？
瞳のことも、子供のことも、こんな弱い俺に守っていくことが出来るのだろうか。

「…聖？　なに難しい顔してるの？」
「え…？」
「聖も笑ってー！　子供の前なんだからねっ？」
俺の頬を無理やり摘《つま》み、引っぱられた皮膚に痛みが走る。
「…痛いんですけど」
「パパが笑わないからでしょう？」
そう言って、突然そっぽ向いた瞳に、「はいっ！」とシュークリームを手渡された。
もちろんそれはさっき子供へと買ったやつだ。
なのに、俺の手には次々とエクレアやプリンがひとつずつ乗せられていく。
「瞳…さん？」

案の定、デザートを抱えたまま訳の分からない俺。
「子供にって買ったんじゃねぇの…？」
「そうだよ？　でも食べるなら家族みんなでのほうが美味しいでしょ？」
そう言いながら、瞳は当たり前のようにプリンのフタを爽快《そうかい》に破った。
「あっ…と！　これもお土産ですよ〜♪」
帰り際に入れられた、クマのファンシーマスコット。
関節部分がボタンで止めてあるため、マスコットの手足は自由に動かせるようになっている。瞳はその手足を折り曲げて、デザートと一緒にちょこんと座らせながら微笑んだ。
「喜んでくれるかな？」
「あぁ。きっと…な？」
なんでかな。
守っていけるかな。とか、さっきまではこれっぽっちの確信すらもてなかったのに。
今はこいつが隣にいてくれるだけで、何でも出来そうな気がするよ。
強くなれそうな気がするよ。
「瞳？」
「んー？」
プリンを頬張りながら、振り向いた瞳の肩をそっと抱き寄せる。
「わ、ちょ、聖…!?」
「相変わらず焦りすぎ」
「な…っ」

俺の胸に納まりながらも、ポカポカと叩《たた》いてくるのは少しばかりの抵抗だろう。
もちろん、さっぱり痛くはない。
「ひじ…っ！」
「言っとくけど、からかってねーよ？」
そう言って、今度は真剣な眼差しで瞳を見つめた。
胸を叩いていた瞳の手も止まり、肩に回した腕にギュッと力を込める。
「ずっと守ってく…」
「へ…？」
「瞳も、子供も」
守っていける確信なんてどこにもない。
だけど、信じることも強く想うことも俺には出来る。
大切だからこそ簡単には手放したくないし、諦めたくもない。
それを教えてくれたのは、紛れもなく子供に向けられた瞳の優しさだった。

子供が男の子だったら？
間違いなく妬いてんね。
子供が女の子だったら？
きっとベタ甘な父親だ。
今は幻でしかない想いさえ、全部をひっくるめたうえで守っていきたいと思う。

「美味しいねっ？」

最高の笑顔。
それを守るために俺は存在している。
母親と子供。
二人を守っていくのが父親としての俺の役目だ。
「聖も食べてよっ」
「分かってますー」

［家族みんなでのほうが美味しいでしょ？］
その言葉に小さく頷いて、俺も手渡されたシュークリームの袋を勢いよく開けていた。

第二章　— 美 波 —

第二章　―美波―　　蒼い瞳の男

キーンコーン
カーンコーン――…
キャンパス内に鳴り響くチャイム音。
講義の終了を知らせるチャイムが鳴れば、黙々と講義を受けていた学生たちは手の動きを止めて、ソワソワと帰り支度をし始める。
PM３：00。
あたしが受ける講義もこれで終わり。
他の学生たちと同じようにペンの動きを止めて、講師のかけ声を合図に席を立つ。
「…では、今日はこの辺で終わりにします」
待ってました！と言わんばかりに講義室から溢れ出る学生たち。
堅苦しい講義からの解放も手伝ってか、口々に「どっか寄ってくー？」と口にする学生たちの表情はどこか生き生きとしている。
あたしも小さく背伸びをすると、バッグを持って講義室を後にした。

「うぅーん！」
キャンパスを出て、今度は青空に向かって伸びをする。
両手を投げだした空間は開放的で、頬を撫でる木枯らしさえも心地よい。

本当は高校を卒業したらテキトーに就職するつもりだったけど、でもそんな考えを覆すような出来事が起きたのだ。

17歳のときに経験した妊娠。
そして、流産という辛い現実…
子供の父親は２歳年上の早瀬聖。あたしの実の兄だった。
親だってたくさん泣かせたし、世間や道徳に刃向かっていることは十分理解している。
だけど、そのことにあたしも聖も後悔なんてしていない。
むしろあたしたちのもとに生を宿してくれて〝ありがとう〟って思っている。
貴方に出会えたからこそ、あたしたちは本物の絆を得ることが出来たんだもの。
…でもね？
もう繰り返せないってことも知ったんだ。
どんなに愛し合っていても、目の前にある大きな壁を簡単に越えてはいけないということ。
決して〝血の繋がり〟を無視することは出来ないんだって、思い知らされた。

２年前の記憶を辿り、無意識にタメ息を吐いたとき。
突然、寒空の下にけたたましい電子音が響き、ハッと意識を引き戻される。
「…電話？」
あたしはバッグの中身をあさり、うるさく鳴っているケータイを手に取った。
チカチカと点滅を繰り返すライトが着信を知らせてくれる。
開いたディスプレイで相手を確認すると、そこには見知った名前が表示されていた。
「めずらしいー」
それでも滅多に電話をかけてこない相手に驚きつつ、通話ボタンに乗せた親指にそっと力を込める。
「…葵さん？」
そう。
電話をかけてきた相手は、聖の友達でもあり、バイト先の先輩でもある葵さんだった。
《あー！　瞳ちゃーん!?》
やけにハイテンションな声が耳を突いて、思わずケータイを遠ざけてしまう。
《つーかさ、これからバイト入れない!?》
「これから、ですか…？」
《そう！　急で悪いんだけど人足りなくてさぁ》
葵さんのお願いに相槌《あいづち》をうつと、あたしは腕に巻いた時計で時刻を確認する。
…15時半か。
本当は帰って勉強するつもりだったけど、でもあたしは「いいですよ」と一言告げて電話を切った。
短大は４年生大学と違って、２年で単位を取らなければならない。
故に、バイトがない日は勉強に当てていたのだ。

けど、いろいろとお世話になった葵さんの頼みとなれば、そこに断るという選択肢は存在しない。
あたしは閉じたケータイをバッグにしまい込むと、足早にバイト先である喫茶店へと向かった。

喫茶店は電車に揺られて15分のところにあり、駅を出れば徒歩５分という好立地の場所に店を構えている。
扉を開ければ、いつも心地のよい鈴の音が迎えてくれた。
「お疲れさまですー…」
控えめに店内を見渡して、女性客の目に止まらないように葵さんを探す。
今さらだけど、葵さん目当てでやってくる女性客は少なくないのだ。
っていうか、店長いわく、女性客のほとんどは葵さん目当てでやってくるらしい。
貴重な客寄せだって喜んでたっけ。
それ故に、同じバイトというだけで睨まれるとあれば、逃げ腰になるのも仕方がない。
「あー、瞳ちゃん！　悪いねっ、急に！」
ふと、ひときわ大きな声がこだまして、いっせいに女性客の鋭い視線が集中した。
「ごめんなー？　急に頼んじゃったりして」
「い、いえっ」
笑顔で歩み寄ってきた葵さんに女性客の反応を気にしつつ、あたしはハニかんだ笑みを浮かべて首を横に振る。

そのまま逃げるようにスタッフルームに避難して、ふぅ。と一息ついてから制服に袖《そで》を通していく。
「…そういえば、」
聖ってばまだ大学にいるのかな？
今日の講義は午後からだって言ってたから、まだいる可能性のほうが高いと思うんだけど…
会えたらいいなぁ。なーんて、嫌でもあたしの口はだらしなく緩んでしまう。
「せっかくだし、来てるって知らせておこうかな♪」
ニヘ〜ッて緩む頬。
バイト先である喫茶店は、聖の通っている大学の敷地内にあるため、バイトのある日はたまに顔を出してくれたりするのだ。
あたしはメールを入れようとケータイを開きかけたけれど、でもホールから「瞳ちゃん！」って呼ぶ声が聞こえてきて、仕方なく開きかけたケータイを閉じてホールに出た。
「遅せぇよ」
そんな葵さんの嫌みに唇を尖《とが》らせて、「これでも急いで来たんですからね？」なんて、最近のあたしはしっかり応戦することも覚えた。
そのまま数件のオーダーが入って、客の声に引き離されるようにしてあたしたちは仕事についた。
「いらっしゃいませー。ご注文はお決まりですか？」
「お姉さんがいいっ♪」
目の前にはニコニコと笑っている三人組の男性客。
接客の仕事にもだいぶ慣れて、こういった悪ふざけにもさすがに驚かなくなったところ。
あたしは怒りたい気持ちを抑え、にっこりと微笑むと、「ご注文はいかがなさいますか？」そうやんわりと受け流す。
ほんとはね？
帰れ！って文句を言ってやりたいのがほんとのところ。
でも若い客が圧倒的に多い分、こういうナンパまがいなこともよくあったりするのだ。
店長にも葵さんにも一種のサービスだと言われ、あまり深く考えないようになったのも、もうだいぶ前のこと。
「じゃあさー、ケーキセット頼むから今度デートしてね♪」
「かしこまりました♪」
こんなふうに受け流すことも大事だって教えられた。
が、男性客の注文を無事にとって、その場を離れようとしたときのことだった。

「誓約書とりなよ」
ふいに聞えてきた声に、あたしも男性客も瞬時に目を奪われた。
「…はい？」
「だからぁ。誓約書～」
「な、なにをおっしゃっているのか分かりませんが…？」
「注文したらデートするってやつだよ」
突然、割り込んできたこの男性…
パーマがかかっている金髪は風が吹くたびにふわりと揺れて、吸い込まれそうなほどのシルバーブルーの瞳はおそらくカラコンだろう。

男は自分の猫っ毛をくるくるといじり、おどけた口調とは裏腹に、なぜか冷めた雰囲気をまとっていた。
「…あの、」
「あ。ショートケーキをもうひとつ追加ね〜」
「え…？」
ちょうどナンパをしてきた男性客の、通路を挟んだ反対側の席にいて。
ポカンとするあたしたちをよそに、その男は黙々とケーキを食べるだけ。
不思議な人…、っていうより〝変な人〟っていうのが印象的で、何となく関《かか》わりたくないという気持ちから一礼してその場を離れた。
ってか、意味が分からない。
急に口を挟んできたと思ったら、今度はショートケーキなんて追加注文しちゃってさ？
しかも前を見据えたまま、一度もこっちを見ようとはしないし…
「…感じ悪い人」
カウンターに戻ったあたしは、ケーキを装いながらブツブツと文句を漏らした。
「お姉さぁーん？　ケーキ早くして下さいね〜？」
…しかも。
なんでこんなに偉そうなわけ？
男はイスの上で体育座りをして、背もたれに腕を乗せて笑っている。
さっきはずっと無表情だったくせに。いまいち掴めない男。

「…はぁーい！　ただ今～！」
あたしは無理やり笑顔を作り、仕方なくあの男の席へと逆戻り。
「遅ーいっ！」
これでも５分もかかってないんですけどね？
「申し訳ございません…」
「引きつってるよ？」
「へ？」
「顔」
「な…、」
ショートケーキの苺を突つく男をよそに、あたしは反射的に背中を向けると、赤く引きつった顔を両手で覆った。
「早瀬さんっていうんだね？」
背中を向けるあたしの顔を覗き込むように見て。
「聖クンの妹だ」
名札を指さしながら、子供のようにケーキを頬張る男。
そんな男の口から出た〝聖〟という名前に、あたしの心臓はなぜか音を立てて小さく揺れた。
聖のこと、知っているのだろうか…？
男は生クリームを指ですくい、子供のようにパクンと口に含んでいる。
「…食べる？」
「い、いえ…」
なめかけの指を差し出され、キョトンとしたまま首を横に振った。
「美味しいのに」

「…てか、聖のこと知ってるんですか？」
「さぁ？」
…さぁって、
さっきと言ってること違くないですか？
さすがに相手にするのも疲れたあたしは小さくタメ息を吐く。
そんなときだった。

「あれー、美波《みなみ》じゃん！」
美波…？
そう叫びながら近づいてくるのは葵さん。
「お前が大学に来てるなんてめずらしいな！」
「ふ〜んだ。葵クンには言われたくないよ〜」
「相変わらず眠そうな奴ー」
「うっさいな」
綺麗な顔で、ふわふわとした喋《しゃべ》り方。
知り合いっぽい二人のやり取りを前に、あたしはただ目を丸くすることしか出来ない。
「あーっと、ごめんね？　こいつ俺の友達なんだわ」
あたしの存在にようやく気づいた葵さんは、ハッとしたように男の肩を掴んで。
「深海《しんかい》美波クン♪」
そう無理やり紹介をしながら、あたしの前へと身体ごと差し出してきた。
「ど、どもっ」
そう言って、つい反射的に下げたくもない頭を深々と下げてしまう。
「んで！　こっちが聖の妹の瞳ちゃん。うちの店員さんね♪」
今度はあたしの肩をポンッと叩いて紹介されるも、美波という男は決してこちらを見ようとはしない。
ただ、男の不審げな声だけが上がる。
「…聖？」
「そう、知ってるだろ？　教育学部の男前」
「あー…、どうだろ」
ふと興味を示したように顔を上げたと思ったら、男はすぐに言葉を濁して視線を落とした。
「で、でも、さっき聖クンって言ってませんでしたっけ？」
あのとき、あたしの名札を見て確かに〝聖クン〟って口にした。
しかも、〝妹〟って…
「だっけ〜？」
首を傾げ、指で生クリームをすくう。
だっけ？って…
このふわふわした喋り方も手伝ってか、本当にペースを乱される。
「美波〜、21にもなって指を使うなっ！」
「ふんだっ」
不信感を抱いてるはずなのに。
なのに葵さんに怒られて、子供のようにめいっぱい頬を膨らませる姿を見ていると、つい可愛らしい姿を前に緩む口元をこらえることは出来なかった。
「まぁ、とりあえず仕事戻るからゆっくりしてけよ？　美波」

「ん。チーズケーキ追加ねん」
「あ、はいっ」
まだ食べるの？と思いつつ、オーダー表に記入する。
葵さんは美波さんの髪をくしゃくしゃって撫でると、「じゃあな」と一言残し、自分の持ち場へと戻ってしまった。
「じゃあ、もう少々お待ち下さいね？」
ただでさえ絡みづらいっていうのに。
これ以上、二人きりっていうのはちょっと耐えられそうもない。
あたしもニコッと愛想笑いを浮かべ、足早にその場を離れようとした。
ペコリと頭を下げて、踵《きびす》を返したとき。
「離さないよ？」
そんな言葉とともに、腕を強く引っ張られて、思わず声が漏れそうになる口を手で覆われながら。
「話。終わってないの」
あたしの身体は美波さんが座っているイスへと沈んでいた。
「早瀬聖、21歳。お姉さんの実のお兄さんだよね？」
倒れ込むようにして美波さんの胸へと沈んだ身体。
あたしの身体を支えるように腰に回された手は、意外にも骨格が出ていてがっちりとしている。
あたしは突然のことに事態を飲み込むことが出来なくて、何度も瞬きした末に、ようやく美波さんの微笑んだ顔を見ることが出来た。
「…やっぱり、知ってたんじゃないですか…」
「ん〜そうかもね？」

さっきまではほとんどこっちを見ようとはしなかったのに。
深いシルバーブルーの瞳は本当に綺麗で、見つめられるたびに肩が上がってしまう。
それと同時に速度を上げていく心音。
でもそれはきっとこの近すぎる距離に対してじゃない。
「お姉さんさぁ…」
がっちりと掴まれた腕。
その澄んだ瞳はすべてを見透かしているようで。

「聖君とは何回寝たの？」

その小さく囁《ささや》かれた声は、あたしの胸の中に大きな大きな衝撃をもたらした。
「…え？」
一瞬、本気で思考が停止してしまったかと思った。
思ってもみなかったセリフにクッと喉が鳴ったのが分かる。
今、あたしは動揺している。
「み、美波さん、今、兄妹だって言ったばかりじゃないですか…」
倒れた身体を起こし、あたしは動揺を悟られないように精一杯平静を装ってみせた。
けど、それも無駄だってすぐに思い知らされる。
「秘密にしてほしい？」
ふふんっと意地悪そうに笑った美波さん。
とっさにいつもフォローを入れてくれる葵さんを探したけれど、でも女性客の席で営業スマイルを振りまいてる姿を見て、仕方なく視線を元へと戻した。
ごまかしはきかないと思った。
どうしてかは分からないけど、美波さんはあたしと聖の関係を知っているらしい。
それも、２年前から。
「バラしてもいいの？」
「え…？」
「近親相姦《そうかん》♪」
その言葉に、一瞬にして視界が歪《ゆが》みそうになった。
それでも震える唇をかみ締めて、首を左右に大きく振る。
「…やめて」
真剣な目で笑う美波さんに恐怖さえ感じる。
…せっかく、せっかくまた二人で歩んでいけるって思ってたのに。
また〝兄妹〟に戻るなんて絶対に嫌だ…
あたしは周りに人がいないことを確認して、悪びれる様子もなく、無邪気にケーキを崩す美波さんをジッと見据える。
はっきり脅されたわけじゃないけど、でも出方次第ではバラされるような気がした。
無邪気だからこそ、その冷静さがものすごく恐《こわ》かった。
「…なにが望みなんですか？」
別に〜って言われかねないけど。
「お願いだから、バラしたりしないで…」
そう月並みに頼んでみる。
美波さんはといえば、あたしの言葉なんて気にする様子もなく、ただ目に被《かぶ》さる前髪をいじるだけ。
ゴクリと息を飲んで、ほんの数秒の時間が何分にも何十分にも感じられた。
「あのさぁ〜」
そして、痺《しび》れを切らし始めた頃《ころ》を見計らったように、ゆっくりと口を開く美波さん。
ドクドクと激しく揺れる鼓動。
あたしの心拍数も急激に上がる。
「瞳ちゃんっていうんだよね〜？」
「え、えぇ…」
「ひ〜ちゃんって呼んでいい？」
「へ…？」
ひ…
ひ〜ちゃん？
「名前が瞳だから、ひ〜ちゃんっ」
これだ！っていうようにフォークを突きつけられた。
ちょ、ちょっと待って？
もっと深刻な話をしてたはずなのに、なのになんで呼び名なんて決められてるの？
あたしは唖然《あぜん》としたまま、美波さんの異常すぎるほどのマイペースさに本気で頭を抱えたくなった。
「…ごめんなさい。仕事に戻らせてもらいますね？」
「えぇ〜っ！」
ぶぅって唇を尖らせる姿が本当に可愛《かわい》い。
だけど、その可愛らしささえ疲れの要因となっている。

「じゃさぁ～？　一緒にデートしようよっ」
「へ？」
「今週末。俺的に遊園地がいいな～」
遊園地に行きたいと言いながら、美波さんはケーキを食べることに夢中だ。
そんな美波さんを前に、あたしの思考は完全に停止する。

「ちなみに、二人で。だからね？」
にんまりと可愛い笑顔。
「君たちのこと。デートが条件だよ？」
停止した思考でも、交換条件ってことだけは理解出来た。
つまり、あたしと聖の関係を黙っておく代わりに、二人で遊園地デートをしようってことだよね？
「簡単なことでしょ？」
そう言いながら、美波さんはようやく席を立つ。
レジに向かう途中、美波さんの持った伝票があたしの頭を掠め。

「バラされたくなかったら、遊園地…ね？」

その冷たい眼差しに、決定的な言葉を吐かれた。

第二章　―美波―　　交換×条件

「…あれ？　瞳、どっか出かけんの？」
ある週末の朝のこと。
玄関のふちに腰を下ろし、靴を履いているあたしに投げかけられたのが今の言葉だった。
聞き慣れている声にもかかわらず、今日に限ってはその声にビクリと反応する。
「う、うん！　マナと久しぶりに会う約束してるんだよね…っ」
「…ふぅん」
バッと振り返ってみると、聖はリビングの扉に寄りかかり、どこか納得のいかない様子であたしを見下ろしている。
「マナちゃんと、のわりには随分と可愛い格好してんね？」
「へ…っ？」
あたしはくるんと巻かれた毛先に指を通し、全身を隈《くま》なくチェックするように視線だけを動かした。
コテで巻かれた髪だっていつも通りだし、コスメだっていつもと変わらない、ベージュを基調としたメイク。
服装もパールのビーズがついた黒のカットソーに、スカートも白のタイトな膝丈のもの。
「い、いつもと変わらないよ…？」
そう言いながらも、すべてを見透かされているような感覚に陥ってしまう。
実際、マナとの約束なんて真っ赤な嘘《うそ》で、今日は例の男との約束の日だったりする。
バイト先で出会った〝美波〟という男性。
あたしと聖の関係を知る男性——…
あの男は聖との関係をバラさない代わりに、二人だけで遊園地に行こうというのだ。
そして、その約束の日が今日ってわけで。
「あっそ」
その明らかに怪しんでいる聖の視線に胸がチクリと痛んだ。
「…じゃあ、行ってきます…」
あたしだって本当は聖以外の男の人となんて会いたくない。
だけど、聖の〝妹〟でいた２年間は、心の中にぽっかりと穴が開いたように寂しかったから。
聖と離れ離れの生活なんて、もう絶対に味わいたくないと思ったから受け入れたのだ。

玄関のドアを開ければ、冷たい木枯らしが髪を揺らした。
未だリビングの扉に佇《たたず》む聖の視線を感じながらも、あたしは重い一歩を渋々踏み出した。
隣町にある遊園地までは電車で30分。美波さんとは現地で待ち合わせている。
電車で身体が揺られるたびにあたしの心も大きく揺らいで、次々と過ぎ去る駅名の書いてある看板を目にするたびに憂鬱《ゆううつ》な気分に襲われる。
「はぁー…」
ふと窓越しに大きくそびえ立つ観覧車が見えて、あたしはカタチにならないタメ息を吐き出していた。
よりにもよって、あんな男の人に弱みを握られるなんてどうかしちゃってる。
この２年間、完璧《かんぺき》に〝妹〟を演じてきたというのに、一体どこでバレてしまったのだろうか。
あたしは記憶の糸を辿りながら遊園地までの道のりを歩いて行くが、どんなに考えても美波さんの存在が蘇ることはなく、ちりのように積もった不安だけが大きな山となって心の中に影をもたらしていた。

「…あれ、まだ来てないのかな？」
長いように思えた移動時間もあっという間に終わってしまって、目の前にはメルヘンチックな空間が広がっている。
そう言えば、マナが隣町に新しい遊園地が出来たって騒いでたっけ。
ふと寄りかかったエントランスの柱の真新しさがそれを物語っていた。
…しかも。
誘ってきたのは美波さんのほうなのに、自分が遅刻するなんて一体どういうことよ？
まぁ、時間通りに来るような人とは到底思えないケド。
でもこれじゃあまるで、あたしが〝待ってる〟みたいでなんとなくシャクだ。
あたしは目の前を通り過ぎる人たちを確認しながら、美波さんが現れるのをひたすら待つことしか出来ない。

ふと腕に巻いた時計に目をやれば、針はもうすでに約束の時間の30分オーバーを指している。
どうせなら、このまま来ないでほしいと思ってしまうのが切なる願いだった。
が、そんな淡い期待さえ、耳がキャッチした声にいとも簡単にぶち壊されるんだ。

「ひ〜ちゃんっ」
この憎たらしくもふわふわとした口調。
ふと、ファー付きのミリタリーコートを羽織り、深くフードを被った男が手を振っているのが見えた。
「…美波さん？」
「ごめんねー？　遅くなっちゃったかも〜」
遅くなった。と口にしながらも、美波さんは焦った様子を見せることなく近づいて来る。
途中、あたしと美波さんの間には50mくらいの距離があったのに、その距離を美波さんが歩いただけで、頬をピンク色に染めた女性たちが次々に振り返っていた。
「へぇ？　ひーちゃんって結構、大人っぽい格好するんだぁ」
美波さんはあたしの目の前に立ち、上半身を後ろに引いたような体勢で眺めてくる。
ただでさえ目立っている美波さんがあたしに話しかけてくるもんだから、周りの女性たちの視線を痛いくらいに感じてしまうのは仕方がない。
黙っていれば、確かに絵に描いたような美青年なのだ。

なぜか全身を食い入るように見られ、その綺麗すぎる顔立ちに思わず肩が上がってしまう。
「でもなぁ、俺、モノトーンよりピンク色のほうが好きなんだけどなぁ？」
「は、はぁ…」
「あ。それが聖クンの趣味なら仕方ないかぁ」
そう言いながら、踵を返した美波さんに何ともいえない憤りを感じた。
「さてとっ！　ひーちゃんって苦手な乗り物とかあったりする？」
「い、いえ。特には…」
チケット売り場で二人分の１日パスポートを買って、渡された園内地図を片手に中へと入る。
ふと財布を出しかけると、意外にも〝おごる〟と口パクで伝えられた。
で、極めつけが園内地図を眺めるあたしに吐かれたのがさっきの言葉で。
あたしの中では〝自己中〟というイメージが定着していたのに、美波さんの気遣いともとれる言葉につい固まってしまう。
「も、もしかして、気にかけてくれたんですか…？」
もしそうなら奇跡と言ってもいいかもしれない。
あたしは先行く美波さんの隣に並び、そっと顔を覗き込むようにして様子をうかがった。
「別にぃ？　苦手な乗り物があるなら、無理やり乗せて嫌がらせしようと思っただけ～」

って、結局は単なる勘違いだったけど。
「もしかして、優しいとこあんじゃん。とか思った？」
「……」
「バカだね〜♪　俺がひーちゃんに優しくすると思う？」
そう嫌みたっぷりに笑いながら、美波さんは園内地図を眺めていた。
…ムカつく。
少しでも優しいと思ってしまった自分に。
図星をさされてしまった自分に。
そう思ってしまった自分がバカみたい。
けど、ここまであたしを邪険にする必要はあるのだろうか？
そりゃ、聖との関係をバラさない代わりに一緒に遊園地に来ているっていうのは分かる。
美波さんの子供っぽい言動から、なんとなく遊園地が好きそうだっていうのも分かる。
あたしは根本的に美波さんに嫌われているのかもしれない。
そうじゃなかったらここまで邪険に扱ったりはしないもの。
「ひーちゃん？　早く来ないと置いてくよーん」
むしろ置いてって下さい、という願いは心の中に留《とど》めておく。
結局はスタスタと前を歩く背中をジッと睨んで、「は、はーい…っ」そう言ってしまう自分が憎たらしい。
あたしは諦めたように美波さんのあとを追って、そこで初めて遊園地の風景を見渡した。

パンフレットには〝県内最大級の広さ〟とうたわれている。

そのパンフレットにもあるように、ドームが優に５つは入りそうな広さと、絵本のようなメルヘンな世界をそのまま持ってきたような造りは女の子にウケそうだ。
そのうえ完成したばかりの遊園地とあれば、家族サービスで来た親子連れと、幸せそうに寄り添って歩く恋人たちで溢れかえっているのも当然だろう。
「ひーちゃん？」
「あ…はいっ！」
羨《うらや》ましいなぁ。と思っていたあたしに突然届いた声。
この人込みの中をぼんやりと歩いていたせいで、あたしと美波さんの間にはたくさんの人の壁が出来上がっていた。
「手でも繋ぐ？」
「は…？」
「だから、手」
そう言いながら差し出された右手。
「…また、からかおうとしてません？」
今まで美波さんを見てきたなりの、とっさに出た言葉だった。
「ひーちゃんってば失礼しちゃうなぁ。はぐれないようにって思ったんだけどぉ…、あ！　あれ乗りたーいっ」
「ちょ…っ！　美波さん!?」
ギュ…ッ。
そう握られたのは左手。
引っ張られた手に、不覚にも胸が波打ってしまった。
ほんわかした美波さんからは想像もつかないくらい強引な力。
人込みを縫うように風を切って、ふと見つけたアトラクションまで一目散に走っていく。
まるで面白いものでも見つけたようなキラキラとした目は少年のようで。
そんな美波さんの横顔を〝可愛い〟と思ってしまうあたしは、やっぱりどうかしているのかもしれない。
「ひーちゃんっ！　お化け屋敷だよぉ」
「…げ」
や、前言撤回。
あんなに嬉《うれ》しそうな顔をしていたかと思えば…、美波さんってばお化け屋敷に入りたかったわけ？
「あ♪　苦手？」
「…美波さん。苦手って聞いときながら、そんな嬉しそうな顔するのやめてもらえます？」
さっきまでの可愛い笑顔が一瞬にして悪魔の微笑みに見えてくる。
「…美波さんって、見かけによらず性格悪いですよね」
「はは♪　それって俺にとっては最高の褒め言葉だから」
ですよねぇー…
そう言って、死に装束に身を包んだ受付の女性にパスポートを見せて中へと進む。
お化け屋敷の中は思った以上に薄暗くて、ひんやりとした風がザワザワと柳の葉を不気味に揺らしていた。
「怖いなら抱きついてきてもいいからね？」
「…誰《だれ》が」
「ひーちゃんってば、強がっちゃって」

「強がってませんー。別に怖くありませんから」
ニッコリと笑う美波さんを呆れた表情で睨むあたし。
口では怖くないって強がりながらも、どこからともなく聞こえてくる悲鳴に胸がざわつく。
きっと先に入った客の叫び声なんだろうけど、でもこの独特の雰囲気も手伝ってか、目の前に広がる闇《やみ》にゴクリと息を飲んだ。
「…では、怨《うら》みつらみが充満する世界へ…。決して霊を怒らせることのないように…」
「いってらっしゃいませー…」
そんな案内人のセリフを聞きながら、あたしたちは吸い込まれそうな闇へと消えていった。

きゃぁぁぁぁ…ッ‼
真っ暗な闇に包まれた空間を、ぼんやりとした妖《あや》しい提灯《ちょうちん》の明かりだけを頼りに進む。
ずっと遠くのほうから聞こえてくる悲鳴に思わず肩が上がった。
その度に無理やり平静を装うとするけれど、でもウヨウヨとしているゾンビよりも、五寸釘を持った白装束の女よりも、ある意味、こんな状況でも笑顔を崩そうとしない美波さんに恐怖を感じてしまうのはあたしだけでしょうか…？
きゃぁぁぁぁ…ッ‼
「……ッ」
ビクッと跳ねる心臓。
無意識に美波さんの手を握ってしまう。
「あ、今ので４回目」

「へ…？」
「ひーちゃんが俺の手を握った回数♪」
ななな…⁉
バレてたということに、あたしの顔からは当然のように火が噴いた。
「しかも顔、真っ赤♪」
しかも、運悪く出口に近づいたことで、淡い外の光があたしを照らす。
…最悪だ。
せっかく陽の当たる場所に出たっていうのに、あたしの気分は未だお化け屋敷の闇の中。
このクラクラした感覚は、絶対に太陽の光による目眩《めまい》なんかじゃない。
絶対に、なぜかあたしに嫌がらせを目論《もくろ》もうとする美波さんのせいだ。
「…ムカつく」
自分の置かれた状況が分からないわけじゃない。
でも、無意識に漏れた本音だった。
こんな悪態をつきながらも、きっとあたしの目は怯《おび》えている。
「…だいたいっ、なにか言いたいことがあるなら、はっきり言ったらどうなんですか？」
「どしたの？　ひーちゃん」
「どうしたの？　じゃないです。さっきから嫌がらせみたいなことばっかり。あたし、美波さんになにかしました⁉」
一気に吐き出された感情。

きょとんとした表情であたしを見ている美波さん。
さっきの本音を引き金に、胸に押え込んでいた感情が次々とあふれ出してくる。
もうすでに解放された感情を抑えることは不可能に等しかった。

「…冷たい目…」
美波さんの目にかかりそうな前髪に、触れるか触れないかくらいの距離で手を添えた。
本当は触れるつもりで手を添えたのに、美波さんの冷たい目が、それを許さなかった。
「…目的はなに？」
「目的？　さっきからなに言ってんのか分かんないんだけどー？」
「美波さんこそ惚《とぼ》けるのやめたらどうです？」
本当はずっと引っかかっていた。
常に警戒心を張っていたあたしとは裏腹に、美波さんはなにを言っても笑顔を崩そうとはしなかった。
未だ惚けた表情であたしを見ているが、どんなに笑っていても、目だけは笑っていないってこと、自分でも気づいてる？
しばらく無言のまま見つめ合って、あたしたちの横をたくさんの人たちが通り過ぎていく。
こんなに明るくてにぎやかな世界も、あたしたちの周りに限っては、まるで時間の止まった写真のように切り取られている。
そんな中、時を動かしたのは、かすかに吹いた風だった。
風に揺れた美波さんの髪が、あたしの手に静かに触れたのだ。
「あ…」

ちょっとだけ触れた髪に目線が移動して。
「つまんないの」
そう呟《つぶや》きながら、そっとあたしへと視線を戻す。
「もっとバカっぽい女かと思ってたんだけどな〜」
これまでか。
そう付け加えると、くしゃくしゃと髪を掻き乱した美波さんが堰《せき》を切ったように喋り始めた。
そこにさっきまでの笑顔はなく、瞳の奥に隠れた冷たさがあたしを見つめている。
「ほんとはね？　大学に入った頃からひーちゃんのお兄サンのことは知ってるよ」
「え…？」
「聖クンは葵クンのお友達だし、なんせ男前なことで有名だもんね♪」
乾いた笑い声。
それでも決して笑おうとしない眼差しに、あたしの喉がクッ。締めつけられた。
「俺が、なんでひーちゃんたちのことを知っていたと思う？」
首を傾げたあたしに、美波さんの唇が妖しく歪む。
歪んで、めいっぱい弧を描いた眼差し。
「ねぇ、ひーちゃん。二人きりになれる場所、行こっか？」
風に乗って運ばれてきた声がやけに大きく響く。
ただ、あたしに選択肢などないと思った。
〝二人きりになれる場所〟
さらりと吐かれたワードが、あたしの胸と思考に重く伸《の》しかかってくる。
「…からかってます？」
「さぁ？」
フッと漏れた笑いに冗談ではないことを知る。
…ううん。
本当は冗談なんかじゃないって、最初から気づいていた。
じゃなかったら、こんな冷めた目で物を語らない。
どんな冗談も、どんなに可愛らしい笑顔も、目だけはいつも真実を物語っていたのだ。
「言っとくけど。これも条件のうちの一つだからね？」
固まったままの顔を覗き込んで、髪に添えられた指にそっと美波さんの手が重なる。
ひんやりとした感触は、きっと木枯らしに冷されたからなんかじゃない。
「聖クンと一緒にいたいんだよね？　なら、俺と寝るくらい簡単でしょ？」
美波さんの冷たい体温が指先を通じて伝わってくる。
それと同時に、サラリと吐かれた言葉があたしの思考をストップさせた。
美波さんは重なった手に指を絡ませると、そのまま引っ張るようにして歩き出す。
行き先は出口。
そのあとの行き先は美波さんの意思次第。
「…それが、本当の目的？」
「んーっ？」

二人きりになれる場所で。
美波さんに抱かれることが。
聖と一緒にいるための、条件だっていうの…？
握られた手が熱い。
引かれる足が重い。
ねぇ、聖…
あたし、一体どうしたらいい…？

１時間ほど前に通ったばかりの入口《いりぐち》。
ふと園内アプローチを見上げると、〝いらっしゃいませ〟という文字が〝また遊びに来てね〟という文字に変わっていた。
スライドのように目まぐるしく変わる街並みも、次第ににぎやかな景色から人気のない場所へと移り変わってきたのが分かる。
まだ日中だというのに、やけに煌《きら》びやかな電飾が、つらなる建物の陳腐さを強調させていた。
「…あ。あのホテルにしよっかな～♪」
ふと目に止まったらしいホテルを指さして、料金表の前で足を止める。
休憩。
宿泊。
欲望をカタチにしたような文字にドクンと胸が揺れた。
「えっとぉー。休憩が９千からで、宿泊が２万からだって～」
ラブホテルとしては破格ともいえる金額。
本来ならこの半分の値段で利用出来るのに、美波さんが選んだのはあえて値段のはる綺麗なラブホテルだった。

茶色いレンガが積み重なって出来た外観。
高いだけあって、電飾で彩るというような安っぽさはない。
ヨーロッパの洋館をイメージしたような、そんな造りのラブホテルだった。
「ひーちゃんもここでいいよね？」
そう言って、振り返った美波さんがニッコリと笑顔を作る。
「俺さぁ、汚いとこって苦手なんだよね〜」
ひんやりと吐かれた言葉。
「行こうか♪」
強引に引っぱられた手は、あたしに選択肢がないってことを改めて知らしめた。
「…待って…」
「へー？」
「あたし…っ」
ちゃんと分かってる。
あたしに拒否権なんてものはない。
聖を盾にとられたあたしに、迷っている暇なんてないのだ。
なのに、聖以外の男性に触れられることを身体が拒んでる。
「あれ？　意外にも迷ってたりする？」
聖と一緒にいるためなら何もいらないって思ってた。
全部捨てられるって思っていたのに。
なのに、なんでこんなにも心が泣いてるの…？
「…ひーちゃん？」
「……ッ」
「あれ？　泣いてる？」

うつむいた前髪の隙間から、笑っている美波さんが見えた。
「どうせ聖クンとは寝たことあるんでしょ？　初めてじゃないんだから別によくない？」
「でも…」
「あんね〜。ひーちゃんに選択肢がないってこと忘れてない？バラしちゃってもいいの？」
「…ッ！　ダメ…っ」
あたしは弾《はじ》かれたように顔を上げ、首を思いきり横に振った。
「続きはベッドの中で。ゆっくり聞いてあげるからねぇ」
聖の温もりを最後に、ずっと守っていきたかったのに…
「大丈夫。これでも優しくするほうだから♪」
ふらつく足元を涙で揺れる視界のせいにして、このまま心を閉ざしてしまおうか。
そしたらきっと、何も考えずにすむだろうから。
「…分かりました」
「へぇ？」
「その代わり、この１回きりにして。聖とのこともバラさないって、約束して」
ニヤリと笑う美波さんをキッと睨む。
美波さんはあたしの頬を伝う涙をそっと親指で飛ばして、「もちろん♪」その言葉を合図に自らホテルの中へと足を踏み入れた。

「…なにしてんの？」
小さな石門を潜《くぐ》り、ちょうどホテルの中へ入ろうとしたとき。
覚悟を決めて踏み出した足は、突然聞こえてきた声にあっけなく止められてしまった。
背中で聞こえた声。その低いトーンがあたしの全身を瞬時に凍らせる。
後ろを振り返るなんてもってのほか。
その声の主を確認するなんて、あたしには到底出来なかった。
「あれ？　彼氏クン登場ってかんじ？」
「…なにしてんの？って聞いてんだけど」
「あぁ。〝お兄さん〟の間違いだったかな」
〝聖クン〟
最後にそう付け加えられ、美波さんに拭ってもらった涙がまた目頭を熱く湿らせる。
いっそのこと、このまま倒れてしまいたいと思った。
「瞳？　お前が言ってた用事って、こいつと出かけることだったわけ？」
「ちょっとー、せっかくいいところだったのになぁ〜」
「お前には聞いてねぇよ」
「おぉ、こわっ♪」
聖がそう睨むと、美波さんはわざとらしく驚いたような素振りを見せて、「修羅場は勘弁かな♪」って苦笑した。
「…つーか、こいつに何をした？」
「まだ、なにも？　聖クンが邪魔するんだもんっ」
「殴られてぇの？」
「まさかっ♪」
こんな状況でもケラケラと笑える美波さんを羨ましいと思うのは卑怯《ひきょう》なのかな？

理由はどうあれ、これは聖に対する裏切りだもの。
ホテルに入ろうとしていた以上、言い訳なんてものは無意味に近い。
「瞳…？　なんとか言え」
冷たい頬に聖の温かい指先が触れる。
「泣いてちゃわかんねぇだろ。理由があるならちゃんと言って？」
「…ごめ…っ」
あたしには謝ることしか出来ない。
うつむいたのと同時に涙が地面に落ちて、小さなタメ息が頭上に降った。

ただ一緒にいたいという願いは、こんな試練を与えるほど、すごく難しくて欲張りなことなのだろうか。
聖と一緒にいたいという願い。
聖と一緒にいられるという幸せ。
手にしようとした幸せは、いつもあとちょっとのところで指の隙間をすり抜けてしまう。
零《こぼ》れ落ちてしまう。

「…兄妹なのに」
静かに響いた美波さんの声。
兄妹だから。
だから、いつも、掴めないのかな…？

第二章　—美波—　　決戦×前夜

…兄妹なのに。
泣くことしか出来ないあたしの隣で、美波さんは吐き捨てるように呟いた。
ラブホテルの陳腐なネオンが美波さんの横顔にそっと影を落とす。
「君たち、おかしいんじゃ——…っ」
ははっ。と乾いた笑いが響いたその刹那《せつな》。
「…黙れって聞こえてなかったわけ？」
突然、聖の拳《こぶし》が目の前を過《よぎ》り、ハッと気づいたときにはもう遅く、地面に倒れ込んだ美波さんの姿が見えた。
とアスファルトを滑るような音を立て、乱れた髪の隙間からは歪んだ表情が見え隠れする。
一瞬、何が起こったのか分からなかった。
「…痛…っ」
口の中が切れたのか、口角にはわずかに血が滲《にじ》んでいる。
美波さんは上半身だけを起こすと、滲んだ血を手の甲で拭った。
拭って、赤く染まっている口角を持ち上げる。
「聖クンって見かけによらず手が早いんだね。温厚そうなのになぁ」
「うるせーよ」
「あぁー、恐い。そんなんじゃ女の子にも嫌われちゃうよ？」
クスリと笑い、完全に立ち上がった美波さんはパンパンと服についた汚れを払う。
殴られたのに。
美波さんは怒るどころか、聖をからかう余裕さえもっている。
…ますます恐い。
そんな感情が真っ先に芽生えた。
笑ってるのに、決して笑おうとしないその瞳が、ものすごく怖いと思った。
「まぁ、聖クンには〝妹〟のひーちゃんがいるから〝女〟なんて必要ないのかな？」
なにもかも見透かしているような瞳があたしたちを嘲笑《あざわら》う。
ピンクや水色のネオンに照らされた顔が酷く不気味だ。
「あぁ、こいつ以外の女なんていらねぇよ」
「聖…っ⁉」
「もういいって。こいつの話からしてもうバレてんだろ？」
「うん、とっくに♪」
聖の言葉にニッコリと微笑む美波さん。
聖もバレてるってことに驚きをみせることはなく、意外にも冷静さを崩そうとはしなかった。
「これも口止めの代わりってとこだろ？」
「うん、ご名答～。でも聖クンは驚かないんだね？　ひーちゃんはものすごぉく青くなってたのに」
「別に？　バレたのはお前が初めてじゃねぇもん」
そう言うと、聖はジャケットから煙草を取り出して言った。
「バラしたいならバラせば？」
先端に灯った火種。

ぼんやりとしたオレンジ色の明かりが聖の顔を優しく照らす。
深く煙を吸って、ふぅ。と吐き出すように口にしたセリフ。
「…へぇ？　バラしてもいいんだ？」
「あぁ、勝手にすれば？　俺は帰るし」
フィッと背中を向けて、「瞳も帰るよー」そう言って、聖はあたしの手を強引に引っ張った。
そんなとき、あたしも聖も美波さんの隠れた表情に気づくことは出来なかった。
ずっと笑顔を崩さなかった美波さん。
その表情が歪んでいたなんて、すでに背中を向けていたあたしたちは知る由もなかった。

「ちょ、聖…っ⁉」
グイグイと引っ張られていく腕。
何度か後ろを振り返ったけど、でもその姿はどんどんと小さくなっていくばかり。
木枯らしの吹き荒れる中、あたしたちは欲にまみれたホテル街をただ突き進んでいた。
「ちょ…っ！　ねぇ、待ってってば…っ！」
「なに？　早く帰りたいんだけど」
ずっと前を向いたまま、決してあたしを見ようとはしない。
人気のないラブホ街を抜け、近くに停めてあった車に強引に乗せられる。
引っ張られた手に、聖の手の冷たさを感じながら、心の中ではバラされるかもしれないという不安だけが渦巻いていた。

根拠なんてないけど、でも今日の美波さんを見ていれば分かる。
笑ってても、瞳の奥に潜んだ影はいつも真剣だったもの。

気がつけば、連なる家々の中に見慣れた家屋が目に飛び込んできた。
聖はあたしの手を引いたまま家へと入り、玄関の延長線上にある階段を上っていく。
玄関にはあたしたち以外の靴はなく、両親が留守にしているということに少なからず安堵《あんど》した。
こんなところを両親に見られでもしたら、今度こそ引き離されてしまうかもしれない。
階段を上りきり、ガチャリと音を立てたドアがあたしたちを迎え入れた。
それでも手を握る力が弱まることはない。
「…聖？」
２年ぶりに入る聖の部屋。
モノトーンの家具で統一された部屋は今も昔も変わらない。
完全に開けられていないカーテンの隙間からは、陽の光が細長く差し込んでいる。
ほんのりと香るベビーパウダーの香水は聖がいつもつけているもの。
…ドキドキした。
この２年ぶりに足を踏み入れた空間に。
「…聖、」
「座って」

「え…？」
「うるせーよ！　座れって言ってんの！」
「きゃ…」
急に怒鳴ったかと思うと、聖は入口に立ち尽くしていたあたしの手をまた引っ張って、乱暴にベッドの縁へと座らせた。
座らされ、押さえ込まれるようにして両肩を掴まれる。
「あいつ、誰だよ」
掴まれた肩が痛い。
ゆっくりと顔を上げて聖を見ると、見たこともないような冷たい瞳があたしを見下ろしている。
思わずその冷たさに肩が竦《すく》んでしまう。
「瞳…。あいつと、なにをしようとした？」
「ひじ…り…？」
「あいつと、あんな場所で、なにをしようとした？」
…怖い…
愛しい人の、自分を見る目がすごく怖かった。
ジリジリと痛みの走る肩に耐え、あたしは恐る恐る聖を見つめる。
「聖、聞いて…？」
言い訳かもしれないけど。
それでもあたしなりに聖との関係を守りたかった。
もう、離れ離れなんて嫌だったから…
もう、我慢するなんて嫌だったから…
「俺との関係を守ろうとしたわけ？」
「だから、あんな奴に抱かれようとした…？」

聖の力ない声が聞こえ、あたしの肩にゆっくりと聖の顔が埋《うず》められていく。
「…俺が、お前を他の奴に触られて、平気でいられると思ってんの…？」
「聖…」
聖との距離は耳元に吐息がかかるほど近い。
今にも消えそうなか細い声に息を飲んだけど、でもあたしはハッキリと頷いた。
あたしはあたしなりに聖との関係を守りたかった。
たとえ美波さんに抱かれたとしても、聖と離れ離れになるよりは到底マシだと思ったから。
そうでもしなきゃ、あたしたちのこと、バラされちゃうかもしれないんだよ？
あたしたち、また離れ離れになっちゃうかもしれないんだよ？
「…俺に相談しろって…」
「で、でも…っ！　聖には言うなって言われて…」
「言ったらバラすって？」
埋めた顔を上げ、あたしの顔を覗き込んだ聖にコクンと頷いた。
「…あたし、もう離れ離れになるのは嫌なんだよ…」
そう口にしたときの聖の表情が優しくて、あたしの目にはじんわりと涙が浮かんでくる。
「この２年間…、すごく寂しかったんだもん…」
「…ばか」
俺もだっつうの…
その聖の言葉を聞き終わる前に、あたしの頬には涙の筋が引いていた。
すべてを包む込んでくれるこの腕が好き。
なぐさめるように髪を撫でてくれるこの仕草が好き。
しばらくの間、あたしは聖の胸の中でずっと肩を震わせていた。
さっきは怖いと感じてしまった声も、目も、ぜんぶ嘘だったんじゃないかってくらい優しくて。
あたしは身を委《ゆだ》ねながらも、この温かな胸が好きなんだ。と、改めて思い知らされた瞬間だった。

「…落ち着いた？」
囁《ささや》くように頭上に落とされた声。
「さっきは怒鳴ったりしてごめんな…？」
その優しい心遣いに、また目の前が歪みそうになる。
「…ううん。あたしのほうこそ、ごめんなさい…」
「いや、瞳は俺との関係を守ろうとしてくれたんだもんな？」
埋れていたあたしの身体を少しだけ引き離し、「ありがと…な？」そうテレくさそうに微笑んでくれた聖。
あたしの顔からも自然と笑みが零れていた。
「…あとはー、面倒だけどあいつを何とかしなきゃな」
はぁ。と深いタメ息を漏らすと、聖は抱いていた肩を完全に引き離した。
引き離し、ベッドのふちに腰を下ろした聖があたしと肩を並べる。
「あいつって何者？」
ふと煙草を手に取って、「いい？」そう聞いてきた聖に目配せをする。
咥えた煙草からは紫煙が立ち上る。
そのユラユラと消えていく煙を見つめながら、「あいつと話していると調子狂うんだよなぁ」やがては聖の吐いた煙が嘆きとなって天井へ消えていく。
「…もしかしたら、知らず知らずのうちに美波さんに何かしちゃったのかなぁ…」
「美波って、あいつの名前？」
「うん」
「あ、そ。あんな奴、呼び捨てで十分だっつうの」
不服そうにベッて舌を出した聖に思わず苦笑。
そういう子供みたいなところ、なんとなく美波さんに似てるかも…
なんて、口に出したら絶対に怒られそうだけど。
「つーか、瞳はあの美波って奴とどこで会ったわけ？」
「あぁ、うん。会ったのはバイト先だよ？　葵さんの友達だって言ってた」
「…げ。なんでこう、葵の周りには面倒くさそうな奴しかいないわけ？」
「はは…」
それを言ったら、自分も〝含む〟になってしまうんじゃないだろうか。
そう思ったけど、でもギリギリのところで喉の奥へと追いやった。
そして、美波さんと出会ってからのことや、なにを言われたのか、そのすべてを聖に打ち明けた。
案の定、聖は面倒くさそうに唇を尖らせたけど、でも「…大丈夫だよ」って、何度も紡いでくれた言葉に胸の緊張が嘘のように晴れていく。
「だからもう、あいつと二人で会ったりするな？」
「ん…」
離れた身体がまたじりじりと近づいて。
「なんか言われたときはどうするんだっけ？」
「えっと、聖に相談、する…？」
「上出来」
ふと見上げたら、まともに顔を合わせる前に抱きしめられた。
「…そういや、２年ぶりのキスはまだだったっけ？」
「へっ？」
思わずビックリして顔を上げようとしたら、「…見んな」そう言った聖はさらに顔を強く押しつけてくる。
トクン…と揺れる心音。
背中に回った腕に、速度を増した鼓動が心地のよいリズムを奏でている。
そして、聖はあたしを抱きしめたまま身体を前のめりにすると、脱いだジャケットのポケットからおもむろにケータイを取り出した。
カチャッとディスプレイを開く音が聞こえる。
「…聖？」
「んー？　ちょっと待っててな？」
何してるの？

そう聞こうと思ったのに、あたしの問いかけは即却下されてしまった。
耳のすぐ傍ではコール音が聞こえてくる。
ルルルルル…ッ♪
ルルルル…ッ
１回、２回、３回…
ニコニコしている聖をよそに、あたしは首を傾げたまま、ふと柔らかくなった表情に胸がドキンと波打ったのは言うまでもない。
そして、ちょうど６回目のコールが鳴り終わろうとしたときのことだった。

《はいはーい？》
ケータイを通じて、やけにハイテンションな声を耳がキャッチする。
かすかに聞こえてきた声には聞き覚えがあった。
口をパクパクとさせているあたしをよそに、聖は人差し指を唇に当ててウインクをする。
おそらく電話の相手は葵さんだろう。
「あー、葵？　俺だけど、美波って奴のこと教えて」
《は？　美波？》
わずかに上ずったトーンの声に、葵さんの驚いた様子がうかがえる。
《つーか、なんでまた？》
「べっつにー？　ただうちの大事な姫がいじめられてね。仕返ししたいんだけど」
《姫って、もしかして瞳ちゃん…？》
「他にいると思う？」
優しく髪を撫でられて、〝姫〟ってワードについ頬を熱くする。
その顔で〝仕返し〟なんて言うもんだから、不安とドキドキが入り混じって変な感じがした。
「美波ってお前の友人なんだろ？　どこに行けば会える？」
《ちょ、ちょっと待て…⁉　仕返しって、あいつ、瞳ちゃんに何かしたわけ⁉》
「俺たちのことをバラさない代わりに、瞳をラブホに連れ込もうとした」
《…は、うっそ…》
「嘘ならこんな電話したりしねぇよ」
呆然《ぼうぜん》とする葵さんの声が聞こえた。
聖もいたって冷静だけど、でも思っている以上に怒りを感じているのだろう。
淡々とした様子の声は、内に秘めた怒りをヒシヒシと感じさせるから。
《…とりあえず俺と同じ学部だけど、でもたまにしかこねぇんだよなぁ》
「出来れば早いほうがいいんだけど」
《だよなぁ。でもさ、口止めの代わりってことはバレてるってことだよな…？》
「あぁ、しかも２年前からな」
《…そか、事情は分かった。俺も明日は顔出せって連絡入れて

みっから、聖は勝手に動くなよ？》
葵さんの忠告に聖は「あぁ」と頷いた。
ケータイを閉じ、緩んだ腕にまた力を込める。
その密着した距離に身体を強張らせたとき、ふいに落とされたのは後頭部へのキス。
「…だ、大丈夫かな？」
「なにが？」
なんとなくこの状況が恥ずかしくて、それを隠すように話題をふる。
「だから、美波さんとのこと。バラされないかな…？」
「別にいいさ。バラすなら勝手にバラせっつうの」
「んな、勝手にって…」
もし、本当にバラされちゃったりしたら。
もし、それが両親の耳に入ったりしたら。
そしたらあたしたち――…
「…誰が離れるかよ」
え…？
「…もしバラされたとしても絶対に離れたりしねぇよ」
「ひじ、り…？」
「言ったろ？　お前も子供も、ずっと守ってくって…」
背中に回った腕がものすごく熱かった。
強烈なまでの告白に目眩がした。
あたしは押しつけられた顔をゆっくりと上げ、今度こそ「…うん」と力強く頷いた。
優しい目。

優しい声。
聖のすべてが愛おしい。
「…瞳、２年ぶりのキスは…？」
「したい…」
「じゃあ、して？」
して？とか言ったくせに。
聖はあたしの頬を両手で包み込むと、ゆっくりとカタチのよい唇を近づけてくる。
「もう離さねぇよ…」
２年ぶりに交したキスは、流した涙のせいで、ちょっとだけしょっぱかった。

第三章　―過去―

第三章　―過去―　　追憶の破片

――2 Years Ago,

Side Minami――

ひーちゃんをホテルに連れ込もうとした日の夜。
滅多に鳴ることのないケータイがめずらしく騒がしい着信音を部屋中に響かせた。
電話の相手は葵クン。
ディスプレイに表示された名前を見て、すぐに今日のことだなって思った。
葵クンは聖クンと高校時代からの友達らしいし、ひーちゃんともバイト先が一緒だ。
なにより…、葵クンはひーちゃんのことが好きだと思ったから、ピンときたんだ。
「さては、怒ったかな？」
きっと聖クンが俺との話をつけるために、俺と同じ学部である葵クンに連絡でもしたのだろう。
そう思いながら倒れるようにベッドに寝転んで、ケータイの通話ボタンを押した。
「はぁーい？」
わざと挑発するように明るい声を出す。
《…美波？》
へぇ、葵クンにしてはすごくめずらしい。

低く真剣なトーンの声。
俺が、〝大事〟なひーちゃんをホテルに連れ込もうとしたから、だから葵クンは怒ってるんだ。
その電話で葵クンは多くを語ることはなかった。
《明日、俺んちに来い》
ただそれだけを残して一方的に電話は切られてしまう。
「ははっ、怒ってる」
レシーバーからは無機質な終話音だけが聞こえてくる。
俺はしばらく切られたケータイを眺め、そのまま頭上のほうに投げ捨てた。

俺があの〝兄妹〟の存在を知ったのは２年前。
今よりももう少しだけ温かい日で、うっさい自己中女の言葉がきっかけだった。

＊　＊　＊

［美波。あたし、ようやく早瀬君の彼女になれたわよ？］
ふふん。と鼻を高く上げ、あの女はグロスののった唇をわずかに持ち上げた。
［…早瀬？］
大学の図書館で日向《ひなた》ぼっこをしながら大嫌いな講義をサボっていたときのこと。
紙パックの苺牛乳を飲んでいた俺に、あの女は苺牛乳以上の甘ったるい香水を漂わせながらやってきた。
［…誰、それ？］
［もうっ！　あたしと同じ教育学部の人よ］
…誰、それ？
そう言いながらも顔だけは知っていたし、名前もなんとなくだけど聞いたことはある。
早瀬聖、と言ったら〝教育学部の男前〟というキャッチフレーズがつくほどの男だったと思う。
誰もがうらやむような容姿を持ちながら、どんなにイイ女がモーションをかけてきても、絶対になびかないという噂《うわさ》。
嬉しそうに笑いかけてくる女を前に、俺はわざと惚けてみせたのだ。
琴沢絢音《ことさわあやね》。
確かそう言ったっけ。
聖クンに近づくために、その友達の葵クンと同じ学部である俺に近づいて来た女。
回りくどい計算は相当なもの。
［７回目よ？　７回目の告白でようやくOKしてくれたわ］
絢音は〝７〟の数字を７本の指で示しながら、俺のまん前に腰を下ろした。
［…苺牛乳］
［え？］
ふわりと揺れた髪に乗って運ばれてきた香水の匂い。
近づかれたことでさらにそれが強みを増した。
［いや？　７回もよくやるなぁと思って］

［仕方ないじゃない。彼、なかなか落ちてくれないんだもの］
［違くて。７回も告白するくらいなら、別の男んとこいけばいいじゃん］
嘆くようにタメ息を吐いた絢音は、俺が放った言葉に目を丸くする。
別にこのときはタイプとかじゃないけど、でもさすがは学内一のマドンナ的存在だけはある。
真っ黒な瞳と、艶《つや》やかな唇は、とても色っぽくて綺麗だった。
だからこそ絢音に言い寄る男も決して少なくはない。
絢音は男心をよく知っているほうだと思うし、自分の外見を上《う》手《ま》く利用して生きていると思う。
まぁ、それが原因で女友達と一緒にいるところなんて見たことないケド。
つーか、絢音の場合、そこらへんの女は自らの手で蹴落《けお》としそうだけど。
協力してもらうにしても、俺みたいな〝絢音〟に興味のない男にしか頼めなかったのだろう。
［…でもねー？　ちょーっと気になることがあるのよね］
急に思い出したように腕を伸ばし、おもむろに俺から苺牛乳を奪っていった。
［ははっ、女の影？］
［んー…］
ほんの冗談のつもりで言っただけなのに、意外にも絢音は素直に顔色を曇らせる。
自分に自信たっぷりの絢音の表情がめずらしく歪んだ。

［図星？］
出来るだけ平静を装って聞き返す。
［…女、とは少し違うけど…］
［じゃあ、なに？］
［んー…、妹、さん？］
…妹？
俺にしては本当にめずらしく、興味を誘うワードだった。
［早瀬君ね？　高校生の妹がいるのよ。一度会ったことがあるんだけど、すごく大人っぽい妹…］
［それでいて美人？］
絢音は俺の言葉にあからさまに嫌な顔をすると、［そうかもね！］そう言って、奪った苺牛乳に口を付けた。
［美波、聞いてくれる!?　普通、仲がいいからって兄妹で遊園地に行ったりする!?］
…最悪。
苺牛乳のストローに、絢音のグロスがたっぷりとついてしまった。
ピンクベージュの、聖クンのためだけにつけられたグロス。
［彼女のあたしを差し置いてよ？］
信じられる？
そう大げさに目を見開いて、ひときわ大きなタメ息を吐いた絢音は深く背もたれに背中を預けた。
こんな親父みたいにふんぞり返っている姿。絢音のファンが見たらきっと卒倒してしまうだろう。
［でも兄妹なんでしょう？］

［そうよ？　でもおかしいの。早瀬君、妹さんのことすごく可愛がってるみたいだし］
［単なる兄妹愛じゃないの？］
［…そうかしら］
めずらしく煮え切らない。
結局、言葉を濁したままの絢音は講義が始まるからと席を立った。
［美波も少しは講義受けなさいよ？］
ヒラヒラと手を振りながら笑った絢音はどこか儚げで寂しそうだった。
そんな絢音の背中を見つめながら、無意識にグロスのついたストローを咥える。
化粧品の独特の味と、ベタッとした触感が酷く気持ち悪い。
が、次第に苺牛乳の甘ったるさがその不快感を忘れさせてくれる。
…妹、ねぇ。
普通なら単なる〝妹想い〟の兄って思うのが妥当だろう。
だけど、絢音の不安そうな表情にはなぜか引っかかる。

［…見てみたいかも］
〝あの〟聖クンが大事にしているっていう妹を。
〝あの〟絢音に不安を与えるってくらいの妹を。
［美人な妹、か］
フッと口角を上げ、空になった紙パックを潰《つぶ》す。
［どうしたら会えるかな♪］

図書館で知った、絢音と聖クンの関係。
その絢音を不安にさせる妹の存在。
幸運にも、妹との対面にそう時間がかかることはなかった。
すぐに知ることが出来たんだ。
聖クンとその妹の関係を――…

あれから２週間くらい経ったときのことだったかな？
絢音からの電話で聖クンが事故に遭って、一時的な記憶障害に陥ったってことを知ったのは。
その聖クンが久しぶりに大学に顔を見せたっていうから何となく興味が湧《わ》いて、俺も軽い気持ちで大学に足を運んでいた。
さぁて、どこにいるんでしょうねぇ～。
いつものように紙パックの苺牛乳を咥えて、キョロキョロと教室を覗いて回る。
［あっれー？　深海君、今日はめずらしく来てたんだぁ♪］
［んー、悪い？］
［別に悪くないけどっ！ さては単位でも気にし始めたなー？］
クスクスッと笑いながら近寄ってきた女が俺の髪に手を伸ばす。
［相変わらず、柔らかい髪質ねー］
くしゃくしゃっと髪を撫で回す手。
その女の手に不快感を覚え、俺は嫌そうに眉を寄せながら払い退けた。
［…ったく。深海君ってば冷たいよね？］
［ふんだ］
…ほっとけ。

そう苦笑した女を邪険にするように顔を背けた。
［あー、そう言えば！　深海君がいつも一緒にいる女いるじゃん？］
［…女？　絢音のこと？］
［そう！　早瀬君の彼女！　なんか食堂のほうで揉《も》めてたみたいだけど？］
…揉めてる？
絢音と聖クンが？
［へー、見物でもしに行こっかな♪］
なぜか胸の中がザワつく。
だからこそ、出来るだけ平静を装っておどけてみせた。
…気づかれないように。
自分の心の中なんて誰にも知られたくないから。自分でも知りたくないから。
だからいつも見物人のフリをして絢音のことを見ていたんだ。

［あんたが美波…？］
そう言いながら近づいてきた彼女。
遠くに見える食堂がやけにうるさく感じられた。
たくさんの見物人と思われる学生たちと、食堂の中心を見て嘲笑う女たち。
一目見て、絢音と聖クンの仲を羨む女たちだってことが見てとれる。
［…なーんか、美波ってボーッとしてるわよね］
初対面にもかかわらず、おかまいないしに毒舌を並べてきた絢

音。
強気な女。それが第一印象だった。
なのに…

［…ふざけないでよ…っ！　ばか…っ‼］
そう叫びながら。
そう泣きながら。
食堂を飛び出してきたのは強気な女。
その絢音が大粒の涙を零しながら、ある女の子にぶつかったのが見えた。
腰元まである茶色い髪を緩めに巻いて、大学の中だっていうのになぜか制服を着た女の子。
軽く化粧はしているみたいだけど、でも大人っぽい綺麗な顔立ちはひときわ群を抜いている。
…あの子…
一瞬だけその女の子に目がいったけど、でもすぐに絢音の後を追った。
正確には身体が勝手に動いていたのかもしれない。
［…絢音…、］
強気な女が、いつも自信たっぷりな女が。
［泣くんだ？］
［ほっときなさいよ…］
こんなときですら、優しい言葉の一つかけられない損な性格。
絢音は人目につかない屋上で、小さな背中を丸めながら肩を震わせている。

俺もそんな絢音の隣に腰を下ろし、そっと飲みかけの苺牛乳を差し出した。
［…いらないわよ］
［あっそ～］
［からかいに来たのならどっかに消えて。美波の冗談に今は付き合えない…］
消えそうな語尾に胸がズキズキと疼く。
なんでかなんて分からない。
絢音が聖クンと付き合っても、絢音が幸せそうならそれでいいと思っていた。
嫉妬心すらこれっぽっちも湧かなかったはずなのに。
［…妹。聖の妹さんが来てたわ…］
食堂で見た女の子。
絢音の言葉に、やっぱり妹か。そう確信した。
［別れようって言われたの…。急によ？］
［……］
［…好きな子が…、好きな子がいるからって…］
絢音の頬を伝う涙がコンクリートに落ちて、コンクリートの上を濃いグレーへと染めていく。
［…あたしだって…っ。ずっと好きだったのよ…っ⁉］
［７回も告白したのに…っ‼］
悔しそうに、悲しそうに。
そんなに苦しいって思う恋なら諦めてしまえばいいのに。
もっとラクになればいいのに…
［…ごめん、一人にしてくれる…？］

最後にそう微笑んだ絢音の瞳が本当に寂しそうで、俺はなにも言えないまま、その場を離れることしか出来なかった。
ふつふつと自分でも言い表せないほどの感情が胸に巣くって。
俺はそっと彼女に背中を向けた。

第三章　―過去―　　秘密の破片

――The Present Time,
　　　　　　Side Minami――

目の前に立っているのは２階建ての賃貸アパートだった。
［明日、俺んちに来い］
昨日の葵クンとの会話が蘇り、風で揺れる前髪の隙間からアパートの窓を眺めた。
２階の一番左端。
アルミサッシの窓枠には白いレースのカーテンが落ちている。
そこが、葵クンの部屋。
「…階段、めんどぉー」
カンカンカン…と、鉄筋コンクリートで出来た階段を重たい足取りで上っていく。
やけに耳障りな音が廊下に響き渡り、葵クンちのチャイムに指を乗せた。
乗せた指にそっと力を込めて、部屋の中から微《かす》かにチャイム音が返ってくる。
それと同時にパタパタと玄関に近寄ってくる音が聞こえて、静かに開かれたドアにワザとらしい笑みを作った。

「どうも♪」
感情を隠すのは得意科目。

険悪そうな表情で出迎えてくれた葵クンを前に、俺は挑発するような目でニッコリと笑った。
「…とりあえず、入れ」
さっきよりも大きく開かれたドアが俺を迎え入れてくれる。
わざと「お邪魔しまーす」とおどけた顔を見せ、横目では玄関に並んだ靴をうかがった。
男物のスニーカーが１足と、黒革の靴は聖クンのかな？
女物の靴はない。
てっきりひーちゃんも来てるのかと思ったけど、どうやら中にいるのは葵クンと聖クンの二人だけらしい。
やはりリビングには葵クン同様に険悪そうな表情をした聖クンがいた。
ソファに座り、長い足を組んだ男。
ダークなオーラを発したまま、コーヒーカップのスプーンを回す仕草はやけに落ち着いている。
「聖クンだっ！　昨日ぶりだね〜」
が、俺の挨拶にはシカトらしい。
まぁ、上等だよね。
「美波もテキトーに座れ」
目の前には白いコーヒーカップが差し出された。
たっぷりめの砂糖とミルク、甘い香りが漂うカップに口をつける。
しばらくの間、シンとした沈黙だけが三人を取り巻いていた。
「…美波。聖たちのこといつ知った…？」
先にその均衡を破ったのは葵クン。

「なにー？　急にかしこまっちゃったりしてさ？　葵クンらしくないよ？」
「…いいから答えろ」
様子をみるつもりで惚けてみせたのに、まったくもって無意味らしい。
もっと下手に出るもんだと思ってたけど、でもその辺のことは想定内だ。
むしろこっちのほうが面白い。
「聖クンと俺のことなのに、葵クンに関係あるの？」
「は…？」
だからこそ、妙な小細工はなしに本題に入ることにした。
ずっと追及されるのも面倒だから。
２年前に見たことを包み隠さず話してやろうと思う。
そのうえで壊していけばいい。
ゆっくりと、じっくりと、君たち兄妹の仲を引き裂いてやればいい。

「いいよ。教えてあげる」
俺は降参したように両手を上げて、少しずつ過去の記憶を辿っていく。
絢音とのことも。
今の嫌がらせも。
俺の想いを含め。
ぜんぶ、ぜんぶ、教えてあげようか。

＊　＊　＊

［…ごめん、ひとりにしてくれる…？］

２年前。

絢音に突然そう言われ、抜け殻のような感情を引き連れて、俺は大学構内を彷徨《さまよ》っていた。

絢音の泣いた顔が頭から離れなかった。

あの自信たっぷりで、常に強気でいる絢音の泣き顔が…

俺自身、気づきたくなかった感情なのに、絢音の辛そうな顔が頭から離れない。

第三者として絢音の話し相手でいられれば、ただあいつの話を聞いて、あいつの笑った顔を見ていられれば。

たとえ絢音の隣が俺じゃなかったとしても、絢音の好きな奴が聖クンだったとしても。

ただそれだけで、俺は満足だったのに。

［……］

今は得意の冗談さえ言う気にはなれない。

絢音の拒絶ともいえる発言に完全に打ちのめされて、おぼつかない足取りで校内をフラつく。

ふと視界の片隅に見えてきた食堂には、さっきにも増して、ガヤガヤとした人だかりが出来ていた。

食堂の中心を囲うように、そのほとんどが女だったりする。

あまりのギャラリーの多さに中心は見えなかったけれど、でもさっきの絢音との一件から、さっそくフリーになった聖クンに言い寄ろうとする女たちだということがうかがえた。

しばらくの間、俺はその光景を遠くから眺めていた。
そのときはまだ、聖クンに対する怒りとか嫉妬とか、そんなくだらない感情なんてものはこれっぽっちも感じてはいなかった。
ただ、あの目を疑うような光景を目の当たりにするまでは。
ふとギャラリーの壁が割れて、ようやく葵クンを先頭にした聖クンが姿を現した。
まるでその場から逃げるように、いそいそと人気のない非常階段を上っていく。

その一番後ろに続く女の子。さっき絢音とぶつかった聖クンの妹らしき女も一緒だ。
会話こそは聞こえなかったが、でも三人の焦った様子が妙に気になって、俺は無意識に階段の影に身を潜めていた。
似てる、な。
見れば見るほどよく似ている兄妹だと思う。
整った顔立ちも、めぐまれた四肢も、さすがは同じ遺伝子を持ち合わせているだけある。
ただ、ひとつ気になることと言えば、妹のほうは聖クンの言動一つ一つに頬を赤く染めているということ。
あんなんじゃ〝兄妹〟っていうよりは、一人の男と女という雰囲気がピッタリと当てはまる。
［どぉれ。そろそろ講義も始まるし、戻りますかぁー］
ふいに聞こえてきた葵クンの声。
結局、気になって様子を見ていたものの、それ以上に変わった様子はない。

戻り際に見つかるのも面倒だから、俺も足早にその場を離れようとする。
［ひじ…っ］
が、背中を向けた瞬間。
妹の苦しげに溢れた声に、俺の足は止められてしまった。
［…は…？］
目を見開いて、一瞬にしてその後に続く声を失った。
あの二人、兄妹じゃなかったのか…？
それとも俺の単なる見間違いだっていうのだろうか。
いや、違う。
これは見間違いでもなんでもない。
俺の目の前で起きている確かな事実。
［…兄妹なのに…］
二人は抱き合ったまま、唇を重ね合わせていた。
何度見ても、何度目を凝らして見ても、二人は確かに口づけを交わしたまま、愛を確かめ合っている。
浮世離れした光景から目が放せなかった。
だって、本気でありえないだろ？
まさか兄妹で抱き締め合って、キスをしているなんて。
今まで見たこともないし聞いたこともない。普通に考えてありえないと思った。
［…絢音…、］
ふと芽生えてきた感情。
これじゃあ、あまりにも絢音が不憫《ふびん》すぎるだろ。
絢音が妹である女に負けるっていうのか？

世間も道徳も無視し、一般的には認められない睦言《むつごと》を繰り返す女に？
そんな女に惚《ほ》れこんでいる男に、絢音は泣かされたっていうのか…？
…なんで？
だってこんなのおかしいだろ。
絢音だってずっと聖クンを想ってきたのに、本気で聖クンを愛していたのに、こんなんじゃ絢音があまりにも可哀相《かわいそう》すぎる——…

［……っ］
俺の中で何かがプッツリと切れたような気がした。
怒りとか、嫉妬とか、そんなくだらない感情は持ち合わせていなかったはずなのに。
…いらないはずなのに。
未だ抜け殻のような身体を引きずって、俺は静かに非常階段を下りていく。
途中、何人もの奴らに声をかけられたが、目すら合わさないままシカトした。
そのまま絢音の元に戻るわけでもなく、キャンパスを後にする。
ポツポツと心の中に降りしきる黒い雨。
それが、次第に深い深い水溜《みずた》まりへと変わっていった。

［…壊してやろうか］
ゆっくりと時間をかけて。

幸せな時間を存分に味わわせたあと、そっちのほうが辛さも苦しみも倍になるだろうから。
あの兄妹を引き離し、どん底に突き落とすように壊してしまえば、きっと絢音の気持ちも報われると思うから…

＊　＊　＊

「おしまい。それが君たち兄妹を壊そうとした最大の理由だよ」
すべてを話し終えた俺の心境はとても穏やかなものだった。
やんわりと笑みを浮かべた表情からもその様子が伝わるだろう。
「実は初めてなんだよね。俺が自分のことを他人に話すのって」
にっこりとカフェオレになったカップに口をつけ、呆然とする二人に大満足だ。
葵クンはポカンとしたまま俺を見つめ、聖クンは放心したようにうつむいている。
想像通り、ダメージを受けてくれたのは確か。
せっかく一緒になれたっていうのに、君たちはまた引き離されてしまうんだから。
「…美波、本気で言ってるのか…？」
「あは♪　やっぱり関係のない葵クンが口を出してきたっ」
「…冗談で言ってんじゃねぇんだよ」
呆れたようにタメ息をついた葵クン。
ねぇ、俺は葵クンの気持ちだって知っているんだよ？
だてに２年間も聖クンやひーちゃんたちを見てきたわけじゃな

い。
兄妹の傍にはいつも葵クンがいた。だからこそ知っているんだよ？
「ひーちゃんのこと。今でも好きなくせに」
うつむいたままの聖クンも、今の言葉にはさすがに視線を上げた。
「言ったでしょう？　２年も見てきたんだよ？　俺が気づかないとでも思ったの？」
フッと口角を上げ、眉をしかめた葵クンに目線を合わせてやる。
「俺が兄妹を引き離しちゃえば、ひーちゃんは葵クンのモノだよ…？」
目を合わせ、そう口にした瞬間。
電流のような痛みが頬を走り、空になったカップが床を転がった。
「…っう…ッ」
ソファに沈んだ身体。
身体はスプリングに数回バウンドし、すぐに殴られたんだ。と確信した。
「…相変わらず、手ぇ早すぎだよねぇ」
口の中いっぱいに広がった鉄の味。
殴られた頬を押さえ、倒れた身体を無理やり起こす。
「そんなに心配？　葵クンに取られることが♪」
「…黙れって」
「少しは冷静になりなよ。聖クン？」
目の前には険悪な表情で俺を睨む聖クン。

てっきり葵クンに殴られたのかと思ったけど、でも頬の痛みの主はどうやら聖クンらしい。
「２回も殴った罪は重いよ？」
「だからなに？　バラすなら勝手にバラせば？」
「おいっ、聖…⁉」
「大丈夫。瞳にも言ってあるし、今度こそ覚悟決めてるから」
驚く葵クンを軽くあしらって、聖クンはうっすらと笑みを浮かべた俺の胸倉を掴む。
さっきとは打って変わって自信たっぷりな笑顔。

「俺ら、卒業したら結婚するわ」
フッと微笑まれたあと、すぐに掴んだ胸倉を離された。
少しだけ浮んでいた腰がまたソファへと舞い戻る。
ふわりと揺れた髪の隙間から聖クンのやけに整った顔が見えた。
「まぁ。お前がバラすっつうのなら、俺は今すぐにでも大学をやめるけどな？」
「は…結婚？」
こいつらは結婚するための条件を知らないのだろうか。
元から同じ戸籍に入っているというのに結婚なんて出来るわけないだろう？
「…聖…？　お前、結婚って…」
ほらね？
葵クンだって不思議がってるじゃんか。
「…こんなこと言いたくないけど、婚姻届出すにしたって…」
受理されるわけがない。

その後に続く言葉を歪めた表情に託す葵クン。
この形勢逆転に俺の顔からも笑みがこぼれた。
「葵クンもそう言ってるよ？　まさか、知らなかったわけじゃないよね？」
「お前、ばか？　最初からカタチになんてこだわってねぇよ」
「は？」
「言ったろ？　俺は大学やめる覚悟でいるって」
その得意げな顔を見ていると、どうしても心が乱される。
誰にも気づかれないように奥歯を噛んで、笑顔を作った。
「…へぇ、引き離される前に家でも出る気？」
「ご名答。どっか遠くに行って、瞳と三人で暮らす」
「…三人？」
ふたり、じゃなくて…？
でも確かに聖クンは〝三人〟で暮らすと言った。
「美波でも知らないことはあるってことだよ」
「知らないこと…？」
黙っていた葵クンが感じていた疑問を的確に突いてくる。
だけど、目線は伏せられたまま、表情からは苦渋の色がうかがえた。
「…そうだ。美波には聖たちを引き離すことは出来ねぇよ」
「は、なんで…？　親にバラしちゃえばそれまででしょ？」
自分の子供が〝兄妹〟で愛し合っていると知ったら絶対に尋常じゃいられないはず。
親なら絶対に引き離そうとするはず。
俺の仕返しが失敗するわけがない。

絢音のためを想ってした仕返しが、絶対に失敗するはずがないんだ。
「…俺は、瞳と子供と三人で、誰も俺らを知らないところで暮らせればいい」
…家族として。
そう付け加え、聖クンは柔らかく目を細めて見せた。
思考が追いつかない。
ただ呆然と、聖クンを見つめることしか出来なかった。
「…美波？　俺たちは一度、親にバレてんだ」
ふと聖クンは俺と目線の高さを合わせるようにして屈《かが》むと、血の滲んだ唇にそっとティッシュを押し当ててくる。
ピリッとした痛み。頬に触れた聖クンの指先。
不覚にも温かいと思ってしまった。
「子供もいる。妊娠中に事故で亡くしてしまったけど、でもずっと生きてる」
トントン…と、軽く胸を叩いた聖クン。
「お前が、俺たちを壊そうとするのなら、俺は瞳たちを守るまでだよ」
そう言って、また優しく笑う。
「…なぁーんだ、それ」
今まで積み上げてきたものが、ガタガタと音を立てて崩れていくような気がした。
俺の胸に残ったのは、目的を失ったちっぽけな喪失感。
…２年前、たかが〝兄妹のキス〟くらいで驚いていた自分。
いつも一歩離れた場所から周囲を見下していたはずなのに、こんな俺にも知らないことがあっただなんて思いもしなかった。
俺はソファの背もたれにぐったりと身体を預けて、目の前を手の平で覆った。
広がるのは暗い世界。
目的を見失った自分の世界はこんなにも狭かった。暗かった。
「…兄妹いじめ。もう止《や》めちゃおっかな…」
「…つーか、もう止めろ。俺、お前のこと苦手だもん」
「へへ。それって最高の褒め言葉だよ？」
滲んだ血を拭い、苦笑する聖クンに今度は俺が笑ってみせる。
最高の褒め言葉に胸の痞《つか》えが少しだけ取れた気がした。
「葵クンもごめんね？　いじわる言っちゃった♪」
「お前ねー…。そんな笑顔で言われても謝られた気がしねぇよ」
コツン…と小突かれたおでこ。
こんなことでラクになれるなんて俺もどうかしてる。

「んじゃ、俺はそろそろ帰るわー」
思いきり背伸びして、近くにあったジャケットに袖を通した聖クン。
「一緒に帰ろうかな」そう言ったら最高に嫌な顔をされて、俺はまた笑った。
「あ、美波？」
ふと思い出したように足を止めて。
「…絢音のこと、ちゃんと気持ち伝えろ」
真剣な眼差しで、キョトンとする俺にそう言った。
「俺も聖に一票♪」

「え…？」
「たぶん、絢音と対等に付き合えるのって美波だけだと思うしね」
便乗した葵クンが聖クンの言葉にそう付け加える。
俺の髪をくしゃくしゃと撫でて。
これじゃあ、あやされた子供みたいだ。
でも…、悪い気がしないのはなんでだろうな。
ずっと一線を引いてきたから、今さら上手な付き合い方なんて知らないけど。
それでもこの二人にはなにも隠す必要なんてないんだ。
二人の本音も知っているし、俺だって包み隠さず晒《さら》してしまったのだから。

「俺、やっぱり聖クンと一緒に帰ろうかな♪」
「げーっ」
タンッ！と勢いよく立ち上がり、聖クンの後を追う。
俺の知らなかったことを知っていた背中。
すごく眩《まぶ》しく思える。
誰かを守ると決心した背中は、こんなにも大きくたくましいものなのかな？
俺も、誰かを傷つけるのではなく、誰かを守ろうとしていたなら。
「聖クン」
そんな大きな背中を持っていたのかもしれないな。

第四章　— 道 筋 —

第四章　―道筋―　　3ヶ月後に

「寒ぶ…」
マフラーを巻いた首を竦めて、髪を揺らす風も冷たくなった12月。
チラチラと舞い始める雪が本格的な冬の訪れを告げていた。
「あ。瞳の頭、雪積もってる」
髪も冷たい。
そう付け加え、聖はあたしの髪に乗った雪を払ってくれた。
パラパラと落とされた雪は地面に積もることなく溶けていく。

12月。
去年は一人で過ごし、一昨年は聖と〝約束〟を交わして別れた季節。
その3ヶ月後。あたしたち二人は卒業をする3月に誕生日を迎える。
あたしは20歳。聖は22歳。
お互いに誕生日を迎えたら、あたしたちは夫婦になる。

「…とみ…っ、瞳っ？」
「へっ？」
「へ？　じゃないでしょ」
誕生日が近くなるとつい思いふけってしまうのは仕方がない。
ハッと顔を上げれば、案の定、呆れた様子の聖と目が合った。

「…瞳、ちゃんと聞いてた？　さっきからなにを言っても上の空」
「き、聞いてたよ…っ」
や、なんとなくだケド。
短大への道程を聖と歩きながら、聖は美波さんとのことを話してくれた。
一時はどうなることかと思ったけど、でもなんとか和解できたという言葉にホッと胸を撫で下ろしたのは覚えている。
「でも意外だよね？　まさか、美波さんが絢音さんを好きだったなんて…」
大きく一歩を踏み出して、首を傾げながら聖の前に回り込む。
後ろ向きで歩く格好になったため、聖は「危ない」って言いながら、少しだけ呆れたような表情を見せて頷いた。
吐いたタメ息が真っ白な雪と重なっている。
「美波さんの性格からして…、正直、想像出来ないよね？」
「まぁな。でも変わり者同士で合ってんじゃねぇの？」
「…そういうもんなのかなぁ」
後ろ向きだった体勢を前へと戻し、ムムム…と考え込んでみる。
絢音さんは強気な感じだし、美波さんの子供のような強情さと自己中心的な部分を考えると、ちょっと不思議な感じがしないでもない。
っていうか、正直、合わないような…？
けど、美波さんは少なくとも２年は片想いを続けていた。
確かにバラすって言われたときは恐かった。
また引き離されるの…？　って、すごくすごく恐かった。

「…美波さん。本気だったんだね…」
あたしも聖を好きな気持ちだけは誰にも譲れないから、だから美波さんの気持ちも痛いほど分かってしまうのかもしれない。
誰だって好きな人には幸せになってほしいもの。
あたしは巻いたマフラーに顔を埋め、小さく息を吐いた。
バラそうとした理由を聞いてしまうと、どうしても美波さんを憎めない自分がいる。
「…ねぇ、聖…」
そう言って、控えめに視線を上げたとき。
「って、聖…⁉」
隣を歩いていたはずの聖がいない。
空っぽになった隣の空間に驚きつつも、あたしはキョロキョロと辺りを見渡して、「んー？」って、５ｍほど戻った所に立っている聖を見つけた。
見つけた姿に安心しつつ、急激に感じてしまった呆れたという思いは隠せない。
「…なにしてんの」
「んー？　ちょっとねぇ」
…ちょっとねって、聖が覗いていたのは道路沿いに建っている一軒の不動産屋さん。
聖はその入口に貼ってある広告を食い入るように眺めている。
あたしも仕方なく近づいて、屈んだ聖に肩を並べて広告を眺めた。
入口には室内が見えなくなるほどのＡ４サイズの広告が貼り巡らされている。

一瞬、聖がなんでこういう広告を見ているのかピンとこなかった。
「…なに見てるの？」
「なにって、見ての通り住宅情報」
「じゅうたく…？」
首を傾げるあたしをよそに、聖は広告から目を離さずに言った。
聖の言う通り、どの広告にもその文字が印刷されている。
賃貸アパートに、賃貸マンション。
家賃や間取りが描かれた広告をなぞりながら一つ一つ品定め。
いまいち意図が掴めないあたしは、広告をなぞる指先をただ見つめることしか出来なかった。

「引っ越そうかな」
ただ、そのセリフを聞くまでは。
聖の呟いた言葉にようやく何を考えているのか分かった気がする。
「引っ越すって、家を出る気…？」
「うん、まぁね」
「…まぁねって、」
聖は未だ広告から目を離さない。
あたしは突然のことに動揺するだけで、でも心中穏やかじゃないことだけは確かだ。
「…え、でもっ、どして…？」
出来るだけふつうの声で。
だけど、いくら平静を装ったところで声が震えてるのはバレバレだ。
だってそうでしょう？
家では〝兄妹〟を演じないといけないけど、でもその分いつだって一緒にいられる。
それなのに。わざわざ家を出て、二人の時間を削る必要がどこにある…？

「…あ、やべ」
ふと声を漏らし、ケータイで時間を確認する聖。
「のんびりしてたら講義に遅れちゃうな？」
そう言って、聖はようやくあたしの顔を見てくれた。
「…そだね」
すぐ隣では、「急げば間に合うな」って声が聞える。
聖はあたしの手を引いて不動産屋を離れると、短大までの道程を早歩きで縮めていった。
聖の一歩後ろを歩き、じっとその背中を見つめる。
手は繋がっているというのに、勝手に事を進める聖が、今はこんなにも遠くに感じる。
ただ一言、引っ越しをする理由を聞いちゃえばいいだけなのに。
なんでかな？
答えを聞くのがすごく恐くて、言葉にならない気持ちが不安だけを募らせていく。
聖はあたしと離れても平気なのかな…？
あたしは１分１秒でも離れたくないのに、聖との想いの強さには距離が生じている。

気がつけば、目の前にはすでに目的地であるキャンパスが広がっていた。
モヤモヤした気持ちのままなのに、聖とはここでバイバイしなきゃならない。
「…講義、真面目《まじめ》に受けてこいよ？」
少しだけ切なげに瞳を揺らし、言い聞かせるようにして髪をポンポンと撫でる。
「…って、本当は行かせたくないんだけどな？」
「聖…」
そのハニかんだ表情。
いつもならすごく嬉しいはずなのに。
距離を感じているあたしにとっては、ただ胸を締めつけるだけの言葉でしかない。
…ねぇ、聖。
こんな状態で、本当に３ヶ月後に結婚なんて出来るのかな？
カタチじゃないっていうのは分かってるけど、でもなんか不安だよ…
地面を這わせた視線。
無意識にタメ息を吐く。
空は厚い雲に覆われていて、一向に晴れない天気はまるであたしの心とリンクしてるよう。

「…あれ、瞳？」
踵を返し、「…んじゃね」そう言ってキャンパスに向かおうとしたとき。

「やっぱり瞳じゃーん！　なにしてんの？　講義始まるよ!?」
茶髪にニット帽を被り、ジーパンにカットソーというラフな格好をした男が、胸元の辺りで手を振りながら声をかけてきたのだ。
男はあたしたちと同じ方向からやって来て、なぜかあたしの名前を口にする。
正直、目の前に現れた今風の男性には覚えがない。
「あ、えぇと、」
「あれ？　隣のツレってもしかして彼氏？」
「へっ？」
誰だっけ？と名前を思い出す前に、あたしの隣にいた聖の存在に気づいた男性がヘラッと笑みを浮かべてみせた。
その身を聖のほうに乗り出して、頭のてっぺんからつま先まで、全身を食い入るように眺めている。
案の定、聖の眉間《みけん》には深いシワが彫られるが、男性はさして気にしている様子はないようだ。
たぶん、同じ学部の人だとは思うけど、でも同じクラスではないと思う。
友達のようなノリで名前を呼ばれても、１学年に何百人といる短大では、顔と名前が一致しないことも多々あるのだ。
「てっきり瞳ちゃんはフリーだと思ってたんだけどなぁ！」
残念！
そうチッと舌打ちを漏らしたが、その笑顔が崩れない以上、お世辞でしかないだろう。
男性は腕に巻いた時計を一瞥《いちべつ》すると、「あ、遅れるから先行くわ！」そう言って、足早にキャンパスの中へと消えていった。
「…誰、いまの」
それにホッとしたのも束の間、今度は男性と入れ替わるようにして聖が口を開いた。
「友達？」
「あ、うん…っ」
言葉少なめに、聖からは刺々《とげとげ》しいオーラが容赦なく突き刺さってくる。
確かに、知らない男性に食い入るように見られれば、いい気分がしないのも当然だ。
とりあえず、聖の問いかけに〝知らない〟とは言えず、曖昧《あいまい》に返答を濁しておく。
聖の顔を見られないまま、明らかに怒っているという様子だけが北風に乗って運ばれてくる。
「…あ、じゃあ、あたしもそろそろ行くね…っ？」
なんとなくその重圧に耐えきれず、今度こそ本気でその場を離れようとした。
離れようとして、背中を向けたことにホッと胸を安堵《あんど》させたとき。
「…待った」
地面を蹴ろうとしたあたしの足を、聖の低く冷たい声が止めた。
「俺も行く」
そう言って、隣に並んだ聖がおもむろに手を握り締めてくる。
それにハッと顔を上げ、聖を見るが、無表情な横顔からは何ひとつ感情を読み取ることが出来なかった。

降り積もる雪の中、キャンパスを見つめる聖に不安をあおられる。
「…聖？」
「お前、やっぱ危なっかしいわ」
「は…？」
首を傾げた途端、絡んだ指先にはさらに力が込められた。
「なに言って——…」
俺も行くってどういうこと？
そう聞く前に、ズカズカとキャンパス内に足を踏み入れていく聖。
引きずられるように後を追うあたしは、突然の聖の行動に目を丸くするだけで、意図も飲み込めないまま、あっという間に教室のそばまで来てしまった。

「最初の講義室ってどこ？」
キョロキョロと辺りを見渡しながら、我が物顔で廊下を進んで行く聖。
こういう物怖《ものお》じしないところはさすがだと思う。
講義の開始時刻も間近だったせいか、廊下にはほとんど人がいなくて、ヒタヒタという足音だけが、だだっ広い廊下に響いていた。
「聖…、一緒に行くのはやっぱマズいって…っ」
「なにが？」
「なにがって、部外者禁止なんだよ…？」
「あっそう。瞳は俺のこと部外者扱いするわけだ？」

「そーじゃなくて…！」
あぁ言えばこう言う。みたいな態度に頭を悩ませて、そうしてる間にも講義室と書かれたプレートが目に飛び込んでくる。
茶色い木目調の扉。銀色のドアノブを引けば、キィーという金具の擦れる音を立てて、扉は拒否することなくあたしたちを迎え入れた。
「お、セーフ♪」
少しの隙間から中の様子を確認する。
セーフと言うくらいだから講師はまだ来ていないのだろう。
念のため、あたしも肩越しに中を覗こうとするが、聖の長身のおかげで見えるのは学生たちの頭だけ。
「…聖っ！　いい加減、冗談はここまでにして」
「は？　別に冗談でここまで来たつもりはないけど？」
「バレちゃうってば…」
「こんなに人が多いんだ。バレるかよ」
ついに足を踏み入れてしまった聖に「もう…！」と声を上げるが、すでに席に着いている学生たちの視線を感じて、思わず息を飲んでしまった。
黒板を中心に、扇状に広がる室内。
三人掛けの長机がいくつも並んでいて、聖はキョロキョロと辺りを見渡しながら空いている席を探す。
「空いてねぇな〜」
そんなことよりも…
思いっきり注目されちゃってるんですけど？
キョトンとした表情でジッと聖を見つめる女子学生たち。

だからついてこられるの嫌だったのに…
なのに、当の本人はまるで気にしていない様子。
「あ、あった♪」
もっと自分の容姿に自覚を持ってほしいと思う。
ちゃんと気づいてほしいんだけどな。
聖が他の女性に注目されるだけで、あたしが妬いちゃうってことを。
「…お気楽」
「なんか言った？」
「べっつにー」
満足そうに席に着く聖をよそに、小さなタメ息を吐くあたし。
こんなんじゃ講義にも集中出来やしない。
隣にいてくれるのは嬉しいけど、でもやっぱり緊張を隠せないのも事実だもん。
しばらくすると、ヒゲを生やした中年の講師が現れて、聖に向いていた視線もようやく教壇へと移される。
隣にいる聖も、講師に気づかれないように、目線を窓の外へと逸らした。
まるでスリルを楽しんでいるような聖に、またタメ息が込み上げてくる。
「なーに怒ってんの？」
「べっつにー」
小さく耳打ちしてきた聖にフィッと顔を背けるあたし。
よーく考えたら、あたしってばさっきから振り回されてばっかりじゃない？

「さっきから機嫌悪いよ？」
…誰のせいよ？
そう言ってやりたかったけど、喉まで出かかったところでやっぱり止めた。
「…悪くない」
「嘘ばっか」
だって、聖ばっかりズルい。
急に家を出るって言い出すし、その理由だって言わないし。
真面目に受けろよ？とか言ってたくせに、なぜか一緒に講義受けちゃってるし。
〝むかつく…〟
無意識のうちにペンを走らせる手。
感情が〝文字〟となって現れる。
その文字を聖が見ていたなんて知る由もなく、あたし自身、身の入らない思考で講義を受けるだけ。
いつもなら真剣に聞き入る講師の話も、今日は右から左へ受け流すだけだった。
「…瞳」
ふとあたしの名前を呼びながら、聖は筆箱の中のシャープペンを握る。
「……？」
なにを言うわけでもなく、ノートの隅っこに記されていく文字。
〝むかつく…〟
このとき、ようやく無意識に書いてしまった文字に気がついた。
げ…。と眉をしかめたときにはもう遅く、その文字の下を流れる文字に、さらに後悔の念がチリのように積もっていく。
〝むかつく…〟に矢印が引かれ、走り書きしたような文字で〝なにが？〟と記されている。
〝言いたいことがあるならちゃんと言え〟さらにリアルタイムでそう付け加えられた。
言いたいことはちゃんとある。
ただ言えないだけで、自分がイライラしている理由だって分かってるんだ。
あたしはしばらく聖の書いた文字を見つめたあと、机に転がったペンをゆっくりと走らせた。
〝…自分勝手〟
勝手に怒っているあたしもだけど、聖に比べたらまだ可愛いもんだと思う。
文字を書き終えて、黒板に目を移すあたしをよそに、今度は聖がノートを凝視する。
横目にしばらく考え込んだ聖がペンを握ったのが見えた。
〝だから、はっきり言えって〟
〝勝手にムカつかれても困るんだけど？〟
さっきよりも乱雑な字で、だいぶイラついている様子がうかがえる。
最悪だ。
こんなケンカをするために一緒にいるんじゃないのに。
ノート越しにケンカをしている自分たちを冷静に見たら、急にバカらしくも哀しくも思えてきた。

「…なんで急についてきたりしたの？」
本当に聞きたかったことは伏せ、どうでもいいことを聞いてみる。
「俺についてこられるの、そんなに嫌だった？」
「…別に、そんなんじゃないけど…」
ノートの文字を見つめたまま、聖の眼差しを横顔に感じた。
〝言いたいことがあるならちゃんと言え〟
聖の文字があたしの胸を掻き乱す。

［引っ越すって、家を出る気…？］
［うん、まぁね］
［…まぁねって、］

その胸の痞えを吐き出すことが出来たらどんなにラクになれるだろうか。
こっちは怖くて聞けないっていうのに。
聖と離れたくないっていうのに…
「…瞳？」
講義の中、そっと囁くような声を聞いた。
「どした…？」
「ごめ、なんでもな…、」
その声がやけに目に沁《し》みて、その後に続く言葉が上手く伝わることはなかった。
嗚咽が漏れないように唇を噛み締めて、ノートに落ちた雫《しずく》が文字を滲ませる。

聖が選んでくれた席が一番後ろの窓際で本当に良かったと思う。
たくさんの学生たちが人の壁となって、講師の目からあたしを隠してくれるもの。
「…なんでもないわけねぇだろ…。ふつう、なんでもない奴が泣く？」
小さなタメ息を感じる。
きっと無意識なんだろうけど、でも呆れられていることが悔しくて、目頭にたまった涙は今にも零れそうだった。
聖ばっかりズルい。
あたしばっかり悩んでいるのが悔しくて。哀しくて。
ムカついて、不安で、離れたくなくて…
どうしようもなく大好きで——…

「…勝手に家を出ようとしないで…」
想いが。
痞えが。
溢れ出す——…
「は…？」
「さっき…っ、住宅情報見てたじゃん…っ」
すぐには言っていることが飲み込めなかったらしい。
あたしの言葉にしばらく考え込んだあと、聖は「あぁ、」と納得したような表情を見せる。
「お前、そんなことで怒ってたわけ？」
「そんなこと…？」
「あ、いや、そういう意味じゃなくて…」

キッと真っ赤な目で睨んだら、今度は怯《ひる》んだ表情を見せたあと、おもむろに髪をくしゃくしゃと掻き乱した聖。
掻き乱して、いきなり掴まれた腕。
「あぁ、もう！　メンドクセーからちょっと来い‼」
「は、はぁ…⁉」
ギュッと掴まれた腕をそのまま引っ張られた。
勢いで立ち上がると、聖は机に広がっているノートとペンを無造作にバッグに詰め込んで、張り上げた声に驚く講師たちを無視して席を離れようとする。
無理やり引っぱられた腕は痛いくらいだった。
前を歩く背中は無言の怒りをまとっている。
その雰囲気に圧倒されて、おかまいなしに出ていこうとする聖を止めることは出来ない。
なにを考えてるのか分からない聖と、未だポカンとしたままの講師たちを交互に見つめながら、結局は引っぱられるがままに講義室を抜け出してしまった。

「…聖…っ？」
廊下に出て少しは気が緩んだせいか、ようやく声を発することが出来た。
それでも掴んだ手首を放してはくれなくて、無言のまま廊下を突き進んで行く。
どこに向かっているかなんて分からないけれど、でも誰もいない廊下には、あたしたちの足音だけが響いていた。
「ねぇ、二人きりになれる場所ねぇの？」

「え…？」
「誰もいない場所。屋上とか、保健室とか？」
「…あぁ、保健室は先生がいるし、屋上は鍵がないと出られないけど、でも食堂なら…」
「んじゃ、そこでいい」
聖は「案内して」と一言告げると、また黙ってしまった。
食堂はこの廊下を真《ま》っ直《す》ぐ進んだ先にある。
壁や床、全体的に張り巡らされたタイルは白を基調としている。
大きなガラス張りの窓は中庭に面していて、まるでカフェテラスのような造りが特徴的だった。
普段はお昼や講義待ちの学生たちでにぎわっているが、講義の行われているこの時間帯ならまず学生たちはいないだろう。
「あそこ？」
ふと白の木枠にガラスがはめ込まれた扉が見えて、聖は指をさして小さく言った。
「あ、うんっ」
「へぇ、結構きれいなところじゃん。誰もいないし、ラッキー」
聖の言う通り、ガランとした静けさが誰もいないことを物語っている。
聖は食堂内をぐるりと見渡したあと、握った手にさらに力を込めて引っぱった。
場所を窓際の席へと定めたらしい。
「はい、座って」
丸テーブルを囲んだ４つのイス。
そのうちのひとつを丁寧に引かれて怖《お》ず怖《お》ずと腰を下ろすと、

聖もすぐ隣のイスに腰を下ろした。
二人の雰囲気は未だ気まずいままで、つい伏し目がちになってしまうのは仕方がない。
うつむいたところで、ヒシヒシと刺さるような視線は、十分すぎるほど伝わってきていたから。
「…さて、なにから説明致しますか？」
ジャケットのポケットをあさり、器用に取り出されたのは１本の煙草。
「勝手についてきたことと、勝手に家を出ようとしたことだっけ？」
咥えた煙草に火が灯《とも》される。
「まぁ、どっちにしろ泣くとこじゃないと思うんだけどな」
…泣くところじゃない？
講義に勝手について来たことはどうでもいい。
だけど、勝手に家を出て行くのは、どうでもいいことだって言うの？
一緒にいる時間が極端に減るっていうのに、それすらも聖にとってはどうでもいいことだって言うの…？
そう思ったら、また目の前がゆらゆらと揺らいで見える。
泣いてるって思われるのが悔しくて、あたしは突っ伏すようにしてテーブルに顔を埋めた。
「…瞳？」
聖の声色がガラリと変わる。
そこに冷たさはなく、そっと耳に置かれた声がさらに涙腺を刺激する。

「また泣いてたりする…？」
「うっさい…っ」
「な、」
ムカつく…！
いくらなんでも聖の余裕さがムカつく‼
「あたしはっ、本気で悩んでるっていうのに…っ‼」
あまりにも頭にきたから思いっきり本音をぶつけてやった。
「聖ばっかり余裕ぶってんじゃないわよ…！」
「は…？」
「は？　じゃないしっ！　その余裕さがムカつくの‼」
「ちょ、急にキレんなって…っ」
「…ばーか…‼」
真っ赤な目で睨みつけ、ついでにポカポカと背中を殴ってやる。
涙でぐしゃぐしゃになった顔も気にしないまま、ずっと抱えていた不安をぶちまけた。
「ひーとぉ〜」
嗚咽で上下するあたしの肩を押さえ込んで、聖はようやく困り始めた様子。
「勝手にどこへでも行っちゃえ…っ」
「…ばか。勝手にキレんなって言ってんじゃん」
「うっさい…！」
べーっ！ って舌を出したら、今度は呆れたように頬を摘まれた。
これじゃあまるで、駄々をこねる子供と、その子供をあやす父親みたい。
あたしだって母親なはずなのに。いつも空回りしてばっかりの自分にまた泣けてくる。
「…瞳、もしかして忘れちゃったの？」
「なにがよ…っ」
「落ち着け、ばか」
呆れた表情が苦笑に変わる。
グスッと鼻をすすったあたしの髪を撫で、指に絡んだ髪がするりと落ちていく。
「いつかの約束」
そう言った聖は意地悪な笑みを浮かべていた。
「…やく、そく…？」
「あー、やっぱり忘れてるしー」
「え、えぇ…!?　ってか、急に約束って言われても…っ」
引っ越しにまつわる約束なんてしてたっけ…？
「してるよ～？」
「…してる？」
覚えていないってことに引け目を感じ、「…ほんとに？」申し訳なさそうに繰り返す。
しばらくの間、短くなっていく煙草を見つめたまま考えてはみたが、一向に記憶のカケラも見つからない。
煙草の先端に灯った火。
じりじりと短くなっていく煙草が時間の流れを教えてくれる。
ついには灰皿に押しつけられてしまった煙草。
まだ赤みの残る灰を潰しながら、聖は堰を切ったように喋り出した。

「…瞳と、初めてひとつになった夜のことだよ？」
優しい笑みを見せて、まるで過去を懐かしむように。
「一緒に風呂に入ったときだったっけな」
「…え？」
…一緒に、お風呂。
聖と初めてひとつになることが出来た夜——…

［俺が大学出たら、二人暮らししようか？］

浴槽の中で交した、二人だけの約束。
「…あ…、」
「思い出した？」
フッと優しげに目を細めた聖。
繋がらなかった記憶がやっと一本に繋がった。
「…ほら、あと３ヶ月もすれば卒業だし？」
少しテレたような表情で、「お互い約束の年齢にも達するし」
そう、バラバラだったピースがひとつの約束となっていく。
「結婚するには新居が必要でしょ…？」
タイルの上を滑ったイス。
近づいたイスがふたりの距離をさらに詰めていく。
ポンポンと髪を撫でてくれる手がすごく心地よい。
「だから、多分、今回のは単なる瞳の怒り損」
「…聖が、一人で家を出るんじゃないの…？」
「誰が。お前がいねーと意味ねぇじゃん」
「うそ…」

「嘘はつきませんー」
放心状態のあたし。
事実だと教えてくれたのは、やっぱり聖の優しい笑顔だった。
「…それと、講義についていったのは、お前が他の男に声をかけられていたから妬いただけ」
そう言って、聖は触れるか触れないかくらいのキスをくれた。

その重なった体温が、ようやく未来への道筋を照らしてくれているように思えた。

第四章　―道筋―　　初恋の君へ

――She was my first love,

Side Aoi――

［ひーちゃんのこと。今でも好きなくせに］

聖と美波のことはなんとか上手く収まったけど、でも俺の時間は、まるで時計のネジが切れてしまったようにパッタリと止まってしまっていた。
ずっと大丈夫だと思ってたのに、ずっと忘れられると思っていたのに。
美波のあの一言をきっかけに、作り続けてきた心の防壁は、いとも簡単に崩れ去ってしまった。

「…っい、葵っ！」
「…は？」
「もう！　は？じゃないわよっ」
街中にあるオシャレなカフェテラス。
無音だった脳内に急に騒音が混ざり込んでくる。
目の前には呆れたように唇を尖らせた女。
カップの中身を延々と掻き混ぜる俺を見て、はぁ。と深いタメ息を漏らしていた。
「…ったく、せっかくのデートだっていうのに、葵ってば暇さえあればボーッとしてるわよね？」
自分でもボーッとしている自覚はある。
「ただでさえ遊んでくれないのにさ？　たまのデートくらい、しっかりしてよね？」
「あぁ、分かってる」
「ほんとかしら」
そうヘソを曲げた女に俺のほうがタメ息を吐きたくなった。
「…で？　このあと、どうするわけ？」
目の前にいる女はもちろん彼女なんかじゃない。
俺に言い寄ってくる女の中の、ほんの一人にしか過ぎないのだ。
特定の女なんて面倒なだけだから、たまにこうやって、遊びの女と定期的に会っている。
遊びだからこそ、あたしだけを見てとか、あたしのことだけを考えてとか言ってこないし。
俺にはそれがラクだから、だからずっとこのままでいいって思ってた。
それが俺には合ってるんだって、そう思ってた。
「そうね、映画でも行く？　今、面白そうなのやってるみたいだし」
「あぁ、いいよ」
二口ほど残っていたシフォンケーキを一口で食べて、すっかり冷めてしまったコーヒーで流し込む。
立ち上がる際、伝票を手にしたリオからすばやくそれを奪い、「ごちそうさま」と言ったリオの声を聞きながらレジへと向かった。

リオとは大学の学部が同じなせいか、入学当時からの付き合いになっていた。
背が高く、胸元まである髪をキレイに巻いて。
キリッとした顔立ちとスタイルは文句なしにモデルを連想させる。
それくらい、〝美人〟という文字がピッタリな女だと思う。

俺たちはカフェをあとにして、人でごった返している街中を縫うように進んでいた。
リオは逸《はぐ》れないように、俺の腕に自分の腕を絡ませて、寄り添うようにしてぴっとりと顔を押しつけてくる。
まるで恋人同士の雰囲気に満足するように、リオは終始笑顔を崩さなかった。
「ねぇ、今日はバイト入ってないんだよね？」
ふと大げさにアイラインの引かれた瞳に俺を映し、俺がうん。と頷くと、「じゃあ今日は朝まで一緒にいてよね？」そうサラリと〝夜の相手〟になることまで宣言したリオ。
いたずらに笑ったリオにギョッとしつつ、すぐに普段通りの表情に戻して頷いた。
「そのかわり朝９時には帰ってネ？」
「は？　どうして？　ゆっくり出来ないってこと？」
「そー、明日は朝からバイト入ってんの」
「そんなぁ…」
しょんぼりと垂れ下がった眉は酷く残念そう。
たぶん、そんな仕草をされたら普通は帰したくないって思うんだろうけど、でもお生憎《あいにく》様、俺にとってリオは単なる女友達にしか過ぎないのだ。
そんな可愛らしい仕草でさえ、ぶっちゃけウザいだけだったりする。
「１日くらい休んだってよくない？」
「よくないのー」
…別にさ？
泊まりを拒否ってるわけじゃねぇんだから朝くらい帰れっつうの。
こっちは生活がかかってるっつうのに。
だいたい今日だって朝から買物に付き合ってるし？　これから映画だって見に行くし。
この女はどんだけ俺を束縛すれば気がすむんだよ。
「とにかく。明日の９時までは付き合ってやるから我慢して」
「分かったわよ…」
あー、メンドクセー。
こんなんじゃまるで彼氏そのものじゃん。
束縛されるのが嫌で女を作らなかったのに、明らかに不機嫌そうなリオにウンザリした。
しばらくの間、ウインドーショッピングを楽しむリオに付き合いながら、俺たちは映画館までの道程を辿っていた。
平日とはいえ、正午を過ぎた街中は、高校生や外回りの社会人を中心とした巨大な波が出来ていて、嫌でもぶつかってしまう肩に今度は本気で家に引き返したくなってくる。
どうせなら休みなんて取らないで、地道にバイトでもしてたほうがよかったかもしんねぇな。
そうタメ息混じりに空を見上げたとき、ふいにある女の顔が浮んできた。

［あれ？　葵さんも明日お休みなんですか？］
［偶然ですね。あたしも休みなんですよー］

昨日のバイト帰り、彼女はそう言って笑顔を見せた。
なんの変哲もない雲に、ふと彼女の顔が重なって見える。
どう目を凝らしても雲は雲なのに。
いよいよ重症か？　そう思ってしまう俺は、やはり忘れることが出来ていないのだろうか。
って、なぁーに今さら美波の言葉なんかに翻弄《ほんろう》されているんだか。
純情なガキでもあるまいし。今日だってリオと寝ようとしてるしさ？
「リオ！」
あぁ、もう！
あんな女のことなんてどうでもいいし！
どうせ奴の頭ん中は愛しい男のことでいっぱいなんだろうし？
つーか、俺だって一人の女に執着するほど女には飢えてないし？
「映画！　アクション映画にするぞ！」
「えー…、あたし、恋愛映画がいいんですけどぉ」
「無理！　あんなん見たら背中が痒《かゆ》くなるっ」

「はぁ？　なにソレ」
どうせならスカッとする映画で頭ん中をスッキリさせたい。
目の前には話題作のポスターがズラリと張り巡らされた映画館。
チケット売り場に出来た行列は外にまで続いており、人の波はまるで弧を描くように行列をよけている。
溢れ返っている入口を前に、肩を落としながらもその行列の最後尾に並ぶ。
文句をたれるリオはあえて無視し、強制的に有名ハリウッドスターが出演しているアクション映画のチケットを２枚購入した。
「せっかくのデートだっていうのにー」
そんなに恋愛映画が見たかったのか、不満げに頬を膨らませるリオ。
「ポップコーン買ってやるから機嫌直せって」
「子供扱いすんなっ」
「痛…っ！」
ポンポンと子供をあやすように髪を撫でたら、すかさずローキックが飛んできた。
その場にしゃがみ込んで、リオを睨みながら蹴られたスネを擦る。
「だいたいね、葵は自分勝手すぎるのよ。いつもは誘ってもなかなか首を縦に振ってくれないくせに、今回はいきなり葵のほうから誘ってきたしさ？」
「へぇ、もしかして迷惑だった？」
「…そ、そういうわけじゃないけど…」
言葉を濁すリオを見て、俺は薄ら笑いを浮かべた。

こいつが俺に惚れてるからこそ尻込《しりご》みしたのが分かる。
こういう女を黙らせることほど簡単なものはない。
「リオ」
スッと立ち上がり、耳元で小さく囁いた。
「な、なによっ。急にっ」
「別に？」
クスリと笑い、腕を掴んで引き寄せる。
リオはわずかに焦りを見せると、チークで色づけした頬をさらにピンク色へと染めた。
「なんなら映画なんてやめて、俺んちに直行してもいいけど？」
ここで満面の笑みを見せれば完璧だと思う。
たったこれだけで、黙らせる自信は十分にあった。
ガヤガヤと上映待ちしているたくさんの客。
腕を掴んでいた手を肩に回して、周りからの目をさえぎるようにしてリオとの距離を詰めていく。
目線を合わせ、低い位置にある顔を屈むようにして覗き込む。

「――…葵さん？」
が、唇を重ねようとしたその刹那《せつな》。
背中で聞こえた声に、近づく唇は無意識にその動きを止めていた。
「…は？」
一瞬、見間違えかと思った。
想いすぎて、幻影でも見たのかと思った。
「あ、やっぱり葵さんだっ」

「瞳、ちゃん…？」
ぶんぶんと子供みたいに手を振りながら、遠くに見えた彼女が近寄ってくる。
本当に突然で、すぐに頭の働かなかった俺は、ただ呆然と目を丸くするだけで。
たぶん、キスする寸前で静止してしまった俺は、さぞかし間の抜けた顔をしていただろう。
リオもすっかり目を奪われてしまった俺を不審がり、グイグイと脇腹をヒジで突いて鋭い睨みを利かせてくる。
「…誰よ、この女」
ついでに悪意丸出し。
「…あなたも葵の遊び相手なわけ？」
「は、はい？」
「言っとくけど今はあたしとの時間なの。邪魔しないでくれる？」
「ば、ばかっ、リオ…！」
容赦なく噛みついていくリオの前に立ち、俺は誤解だってことを伝えようとするが。
「ひーとぉー。勝手に走ってんじゃねぇよ、」
「あ、聖」
突如、姿を現した教育学部一の男前を前に、リオはなんで聖君までいるの⁉と言わんばかりに口をパクパクさせている。
ついでにあんだけ俺のことで彼女に突っかかっていったくせに。
なぜここで顔を赤らめる必要がある？
…しかし、すっかり忘れてたわ。

瞳ちゃんがここにいるってことは、当然、聖も一緒だってことを。
無意識に吐き出されたタメ息が喧騒に混ざって消えていく。
「おい、こら、葵。お前のトラブルに瞳を巻き込むな」
「違う、違うっつうの！　別に巻き込んでるわけじゃなくて…」
「巻き込んでる。変な場面を俺たちに見せんじゃねぇよ」
…へ、変なって。
もしかして、リオにキスしようとしてた場面か？
それとも真っ昼間から部屋に連れ込もうとしていたところか？
「しかも。お前に嫌そうな顔されるとムカつく」
「はい…？」
そんな意味不明な言いがかりをつけられて、さっきリオが蹴りを入れてきたところにまた蹴りを入れてくる聖。
や、別に横から軽く突くだけだったから痛くはないけど。
や、聖にとっては単なる挨拶代わりにしか過ぎないんだろうケド。
「あ、あたしリオー♪　教育学部の早瀬君でしょう？」
「…は？」
「こんなところで一緒になれるなんて、ほんっとツイてるかもー！」
なぁーんか、無性にムカつくのは気のせいでしょうか？
このアホ女。
もう絶対にお前なんかとは寝てやんない。
「…葵さん？」
よそよそしく近寄って来る彼女から、ほんのりとローズ系の甘い香りが漂ってきた。
めずらしくアップにした髪も、キレイに施した化粧も、その無《む》垢《く》な表情も。
すべては聖のためにあるんだなって思ったら、なぜか少しだけ胸の奥底が疼いた気がした。
「葵さん？　どうかしました？」
目の前を彼女の手が過る。
「ボーッとしてる？」
「そ、そう？　いつも通りに決まってんじゃんっ」
不思議そうに首を傾げてくる彼女にすぐさま作り笑いを浮かべ、俺は心配かけまいとわざとおどけてみせた。
相変わらずリオは聖に目がハートだし、聖は〝どうにかしろ〟と言わんばかりに睨んでくるし。
えぇと彼女は…、なんか不安そうに二人の様子を見つめてオドオドしてるだけだし。
じゃあ、俺は？
自分でも愚問だなって思ったけど、でも心中穏やかじゃないことは確かだった。
聖のことしか考えてない彼女に、わずかなイラつきさえ覚えていた。
しばらくして、上映待ちをしていた行列が次々と場内に吸い込まれていく。
俺たちよりも数人前にいた客たちも動きを見せ始め、ようやく離れられると思いながらリオの手を強引に引っ張った。

「…葵？」
「やっと開いたよー」
「あ、あぁ、そうね」
聖から俺に移ったときのリオの瞳は明らかに残念そうな色をしていた。
本当に失礼な奴だな。そう思いながらも指に挟んだチケットをヒラヒラとさせて、その場を足早に離れようとする。
流れに沿って館内に入ろうとしたとき、ふと彼女が俺の持っているチケットに目を向けた。
少し驚いたように目を見開いて、自分の持っているチケットと交互に眺める。
「あ。映画、葵さんたちと同じだ」
…は？
ほら。と、自分の持っているチケットを見せてきて、「聖、あたしたちも早く入ろう？」なぜか俺たちの隣に陣取る美男美女。
リオは聖と一緒でご機嫌みたいだし、瞳ちゃんはなに考えてんだかよく分かんないし。
聖はたぶん瞳ちゃんの隣には座らせまいと進んで俺の隣に座ってくるし。
なーんか、せっかくの休みだっていうのに妙に気疲れするんですケド…？
「…最悪。なにが悲しくて葵たちと映画見なきゃなんねーんだよ」
ちょっとそれ、自分の大好きな彼女に言ってやってくれませんかね…？

「俺だって､出来ることなら一緒したくなかったんですケド…」
「じゃあ、帰れ」
スクリーンには予告映画が映し出される。
聖は前を見据えたまま、わざとらしいタメ息を吐いた。
つーか、なんでこう、聖は俺様なわけ…？
本編開始のブザーが鳴って、さらに場内の照明が落とされる。
もっと言い返したいという気持ちは山ほどあったが、俺は仕方なくスクリーンに意識を集中させると、背の高い背もたれに深く背中を預けた。
どうせ口じゃ勝てないことは目に見えている。
俺はそこまで自己中じゃないし。
つーか、あの美波を言い包《くる》めた男に勝てるなんて到底思えない。

「葵」
画面に集中することに必死になっていると、やはり前を見据えたままの聖が突然口を開いた。
本編はもうすでにプロローグのところまで進んでいる。
俺はあえて返事はせずに、目線だけを聖に向けた。
「煙草。吸いたくない？」
「は…？」
「ニコチン切れた」
「なんじゃそりゃ…」
「いいから付き合えよ」
「はぁ…？」
な、なぜですかー？

やっぱり俺様な奴だと思う。ある意味、爽快なくらいに。
聖は俺の返事も聞かないまま中腰で立ち上がると、隣に座る彼女の耳にそっと唇を寄せていた。
急に立ち上がった聖に不思議そうに首を傾げる彼女。
わずかに聖の唇が動きを見せたあと、彼女は理解したように二、三度頷いた。
きっと煙草を吸いに行くことを伝えたんだろうけど、でも必要以上に近づき合う二人にとっさに目を背けてしまったのは無意識だった。
チカチカというスクリーンから溢れ出す光。
こんなときに限ってほんのりと赤く染まった彼女の頬を鮮明に照らし出す。
煙草なんて別に吸いたくなかったけど、でも聖に惚れている彼女を見るのはそれ以上に耐え難い。
気がつけば、無意識に動き出した足は、先に場内を出た聖のあとを追っていた。
「…葵？」
「煙草吸ってくる」

どこ行くの？と言いたそうなリオをテキトーにかわして、喫煙所に着くなり、おもむろに取り出した煙草を口に咥えた。
プラスチックで出来た安っぽいベンチ。
上映時間と重なっているためか、そこには俺たち二人しかいない。
そこに腰を下ろしながら、ジ…ッと擦れたライターで火を灯した。
「聖、映画見なくていいの？」
「別にー？　ただ無性に煙草が吸いたくなっただけ」
「ふぅん」
隣からも同じ紫煙が立ち上る。
しばしの沈黙。
二人の吐いた煙が空中で混ざり合い、すぐにゆらゆらとカタチを失っていく。
このとき、すべてを見透かされているようで、聖の目なんてとてもじゃないけど直視できなかった。
自分でも気づかないフリをして、とぼけたように煙だけを見つめて、ただこの時が過ぎるのをじっと待っていた。
「…なぁ、葵？」
どのくらいの時間そうしていたのだろうか。
短くなった煙草を灰皿に押しつけながら、聖が堰を切ったように口を開いた。
「…なに？」
声が上擦らないよう、たった２文字を何度も確認したうえで口にする。
「いや、こないだはありがとな？」
「こないだ…？」
「美波のこと。別にバラされてもよかったんだけど、でも卒業するまではこのままでいたかったからさ」
聖は柔らかい笑みを浮かべると、すぐに２本目の煙草を口に咥えた。

こんな自然な笑顔、そうそう見られるもんじゃないと思う。
「はは、お前が俺に礼を言うなんて、槍《やり》でも降ってくるんじゃねぇの？」
「うるせぇよ」
わざとおどけてみせた。
口では笑っていても、俺を取り巻いているモヤモヤは消えてはくれない。
それどころか、聖が口にした〝美波〟という名前に、あのときの言葉が脳裏を過ぎる。

［ひーちゃんのこと。今でも好きなくせに］

耳を塞《ふさ》ぎたくなるほどの大きな声で、しつこいくらい、何度も何度も聞いてくる。
そんなこと、自分が一番よく知っているっつうのに。
…そういえば、結婚するって言ってたっけな。
それは気持ちのうえでの問題で、きっと戸籍なんてものは最初から必要としてないのだろう。
聖はカタチにはこだわらないと言っていた。
聖らしい身の振り方だと思う。
誰も二人を知らない街で、夫婦として、ひっそりと暮らす。
「…聖」
「んー？」
そしたら俺はもう彼女に会うことは出来ない。
支えてやることすら出来なくなる。

なにひとつ伝えていないのに、このまま会えなくなってしまうんだ。
「…結婚。瞳ちゃんと結婚するって言ってたよな…？」
「あ？　あぁ、まぁな？」
「どっか、遠い場所に行くんだろ？」
「そうだな。結婚っていっても届けは出せないしな。どこか知らない街で、瞳と夫婦として暮らせたらなって思ってる」
「そっか…」
そう言った聖は最高にカッコイイ奴だと思う。
俺じゃ、きっと、そういう選択肢は見出《みいだ》せないと思うから。
…やばいと思う。
二人を応援しようと自分の気持ちにフタをしたはずなのに、なんで手放しで喜べない？
別れようとした二人をくっつけたのは俺なのに、今になってなにを考えることがある？
「…葵？　どうかした？」
気持ちがえぐられる。
真っ直ぐに見据えられたその眼差しに。
「葵、あの…さ？」
さっきまではこっちを見ようとしなかったくせに。
聖は上半身をわずかに捩《よじ》って俺のほうを向くと、控えめに言葉を繋いだ。
やめてほしいと思う。その後に続く言葉を言わないでほしいと思う。
言葉にしてしまえば、きっと止まらなくなる。

溢れ出しそうな想いを抑えきれなくなる。
「…頼むから言わないで？」
「いや、ちゃんと聞け？」
「…大丈夫だから。まじで言うな」
「葵、聞いて」
聞きたくない。
認めたくない。
今ならまだ引き返せると思うから…

「…瞳を、忘れきれてねぇんだろ？」
煙草を口に運ぼうとした手の動きが止まり、ひきつけを起こしたように指先が震えている。
地面に落としていた視線もわずかに上がり、瞳が開いてるのが自分でも分かった。
「…なんで言うかな…」
あれほど言うなって言ったのに。
両手を額の真ん中で組んで、落胆したように肩を落とす。
「知らないフリをしてくれれば、こっちだって知らんぷり出来たのに…」
「…知らないフリって、」
「だって、そうだろ？　今さら言ってどうなる？」
結婚する。と、はっきりとこの耳で聞いたのに。
「…それとも、奪ってもいいわけ？」
出来ることならそうしたい。それが本音だ。
一度はうつむいた顔を上げて、わずかに目を大きくさせた聖をジッと見つめる。
まるでここだけが切り取られたように時間がストップしてる。
俺は長くなった煙草の灰を落とすのも忘れて、聖がなんて答えるのかをただじっと待っていた。
「…葵。お前、本気で言ってんの？」
「さぁ、どうかな」
眉を寄せた聖に、軽く受け流す感じで答えてやる。
俺なりの、ほんのささやかな抵抗だった。
奪えるなんて到底思えない。出来ない。せめてもの悪あがきだ。
案の定、困ったようにまつげを伏せた聖。
どうせならもっと別のことでこいつを困らせたかった。
瞳ちゃんのことで有利に立ったとしても、最初から俺の負けは決定しているから。
「聖、冗談だって。そう本気にすんなよ」
そこでようやく長くなった灰を叩き落とした。
わずかに口角を上げ、「応援してる」そうはっきりと言ってやる。
これ以上の悪あがきは自分が惨めになるだけだ。
「さて、と。そろそろ戻らないとまたあいつに小言を言われる」
「あいつ？」
「リオ」
本当はリオの小言なんてどうでもいいんだけどね？
でもこれ以上は居づらくて。
つーか、どんどんと自分が惨めになっていくことは目に見えてるし。
「葵」

聖の問いかけには答えず、無駄に短くなった煙草を灰皿に投げ捨てて、重たい腰を上げた。
「葵、待てって」
「なにー。早く戻んないと映画終わるじゃん」
「映画なんてどうでもいい。話、聞けって言ったろ」
「話？　話なら終わったっしょ？」
「終わってねぇよ」
聞く耳を持たず、場内に戻ろうとする俺の腕を聖の手が捕《とら》える。
無意識に見た、聖の真剣な目。
思わず肩が竦んでしまった。
「はっきり言え。瞳が好きなんだろ？」
…イライラする。
そんな目をしたって、誰が〝勝ち〟かなんて確信しているくせに。
自分は絶対に負けないという自信があるからこそ、そういう目で俺を見るんだろう？
「…だったらなに？」
掴まれた腕を払い、腰を下ろしたままの聖を見下ろす。
「あぁ、好きだよ」
無意識に強くなる口調。
本当にムカつく。
「それがなに？　悪いわけ？」
「悪いなんて言ってないだろ」
「じゃあ、なんでそんなこと聞くんだよ！　そうやって惨めな俺を見て笑おうとでもしてんのか!?」

「葵」
自暴自棄になっているのは自分でも分かる。
聖がそんなことで笑ったりしないこともちゃんと分かってる。
不便な口だと思う。思ってもないことをペラペラと紡いでしまうから。
聖の真剣なまでの眼差しに、ただ恥ずかしさだけが募《つの》っていった。
「俺が、瞳を真剣に想ってるお前を、笑うと思う？」
丁寧に言い聞かせるようにして言う。
頭に上った血がそれだけで静まっていく気がした。
分かってる。瞳ちゃんを冗談の対象にされれば、お前が一番に黙っていないことを。
「…悪い。さっきのは言い過ぎた」
「いや…」
「でも、瞳ちゃんを好きなのは本当だよ。まぁ、今さら奪う気なんてないけどね」
柔らかく笑い、上げた腰をもう一度下ろす。
「…ちゃんと、応援してるから。言っとくけど、これも本当だぞ？」
出した煙草をビシッと突き立てて、今度は思いきり笑ってやった。
なんでこう、悪役に徹しきれないのかな？とそう思いながら。
そうしているうちに場内がガヤガヤしていることに気がついた。
結局、煙草を吸いに行くと場内を後にしてもう２時間近く経っている。

映画が終わったのだろう。
「最悪。なぁに２時間も聖と話し込んでんだろー」
「は？　それは俺のセリフ」
「俺ら、案外ラブラブかもよ～？」
「…やめろ」
俺と聖は喫煙所を離れて場内へと向かった。
中には入らずに、文句を言われるんだろうなぁと愚痴をこぼしながら、瞳ちゃんとリオを待っていた。

次第に騒がしさが大きくなるにつれて、塞《せ》き止められていた水が決壊するように次々と客が押し寄せてくる。
すし詰め状態となっている客の群れに一際目立つ存在が二つ。
美人が二人も並んでいるとなると、異様な迫力が周りを圧倒しているのが見てとれる。
「ちょっと、葵!?　映画！　終わっちゃったんだけど一体なにしてたわけ!?」
…ほらきた。
第一声を発したのはもちろんリオで、両手を腰に当てながら眉をめいっぱい寄せている。
「葵がアクション映画にしようって言ったんじゃない！」そう付け加えられ、俺は苦笑するしかなかった。
「リオさん、だっけ？　許してやってよ。引き止めちゃったの俺なんだよね」
俺以上の営業スマイルで微笑んだ聖に、一瞬で真っ赤になるリオ。

庇《かば》ってくれたのはありがたいんだけど…
これ以上リオを聖に関わらせると、本気になるんじゃないかとマジで心配してしまう。
もともとリオは俺の〝顔〟が目当てで近づいて来たのだ。
好き。とかそんなんじゃなく、〝イイ男〟が自分のステータスにでもなっているのだろう。
単純な女。そう思いながら、聖にその気になっているリオを見て嘲笑った。
「ほら、リオ、そろそろ帰んぞ」
「はぁ？　もう？」
なぁにが、もう？だっつうの。
瞳ちゃんには葵はあたしと遊んでいるのーとか言ってたくせに。
お前が聖に絡むから。瞳ちゃん、明らかに困ってんじゃん。
「まだ、早瀬君たちといたいんだけどー」
早瀬君たちと、じゃなくて、聖とだろーが。
「だーめ。んじゃ、俺ら帰るから」
頬を膨らませたリオの腕を引き、片手を少し上げて、その場を離れようと聖たちに背中を向ける。
「あ、待った」
が、短く発した聖の言葉に俺の足が止められた。
「葵、悪いけど瞳のこと送ってやってくんない？」
「はい…？」
ポカンとした俺に、なぜか聖によって差し出された彼女。
案の定、彼女も驚いたように俺たちの顔を交互に見て、頭上にハテナマークを浮かべている。

「…ちょ、ちょっと待て⁉　聖、送ってやってって、意味が分かんないんですケド…」
「だから、瞳を家まで送ってやってって言ってんの」
「や、それは分かるよ？　つーか聖がいんのに、なんで俺が送る必要があんだよ」
第一、彼女に気がある男を二人きりなんかにするか…？
「ついでにどっかで飯でも食わせてやってくんない？　俺、急にバイト入ったから、このままバイト先直行するわ」
「ち、ちょっ、聖…！　お前本気で言ってんの⁉」
「本気もなにもバイト入ったって言ってんじゃん」
お前、ぜってーそれ嘘だろ。
シレッとした様子の聖に対し、俺は完全に意図を読みきれないでいる。
バイトが嘘だっていうのは分かる。だけど、そんな嘘までついて、彼女と二人きりにさせるのにどんな意味がある？
好きだ。ってカミングアウトしたばかりだっていうのに。
明らかに困った表情をしていると、一方的だった聖が浅くタメ息を吐いて、「葵」って呼ぶと、リオたちには聞こえないような声で耳打ちをした。
「瞳に気持ち伝えろ」
「はい？」
思わず素で聞き返してしまった。
そんな俺に聖はタメ息を吐く。
吐いて、おもむろに俺の腕を掴むと、瞳ちゃんに「もう１本だけ吸ってきていい？」と言って、その場から離れるようにして腕を引っ張った。
「ちゃんと伝えたことないんだろ？　伝えないと後悔する」
そう言って、聖は２本の煙草を箱の中から器用に取り出した。
そのうちの１本を咥え、もう１本は俺にくれた。
ぼんやりと身を焦がす火を見つめながら、ぐちゃぐちゃになった思考を整理する。
…まぁ、整理しようとしたところでぐちゃぐちゃなのには変わりないんだけど。
「つーか、今さら告ったところで結果は目に見えてんだぞ？」
そうだ。
悲しいけどこれだけは確信出来ている。
瞳ちゃんは絶対に聖以外にはなびかない。
「それに、お前が告白を勧めてどうすんだよ？　ふつう、恋敵に告白しろなんて言わねぇだろ」
「ふつうは、だろ？」
「…へぇ、自分でふつうじゃないとか言っちゃうんだ？」
フッと唇の端を上げ、自信たっぷりな聖を前に俺は呆れ顔。
ああ言えばこう言う。お前はガキかっつうの。
「とりあえず、気持ちを伝えないで後悔したのは俺がいい例だろ。だから、お前は伝えろ」
「でも聖の場合は結果オーライじゃん？」
「は？　おかげで17年も片想いしてんですけど？」
「…17年？」
「そう」
「はは、ギャグ？」

「まさか」
〝17年〟という長い年月に目を見開く俺。
聖は煙を吐き出しながら、「すごいだろ？」と笑ってみせた。
「聖ー？」
なかなか戻ってこない俺たちを心配したのか、遠くのほうで彼女の声が聞こえる。
未だ溢れ返っている人込みの中、窮屈そうに肩を小さくしながらやってくる。
「今、行く」
そう言った聖の背中をなんとなく追って。
結局、どうすればいいのか気持ちが固まらないまま、俺は引き止めるタイミングを逃してしまっていた。
「じゃあ、瞳のことよろしくね」
ポンと俺の肩に手を乗せて、にっこりと笑顔を浮かべる聖。
その瞳の中に、「伝えろよ？」という意味が込められているように見えたのは俺の気のせいだろうか？
「葵、あたしも今日は帰るわ」
「は…？」
「今日の埋め合わせは後日きちんとしてもらいますからね♪」
わがままなリオにどんなマジックを使ったのか、リオはパチンとウインクをすると、人波に紛れるように姿を消していった。
聖の思惑通り、映画館には俺と彼女がポツンと取り残されている。

「…と、とりあえず、ご飯でも食べに行きますか…？」

呆然と立ち尽くしている俺に、少し控えめに口を開いたのは彼女。
「真っ直ぐ帰ってもいいですけど…」
「え…？」
「ちなみに、一人でも帰れますけど…」
「や、送る…っ」
無意識にそう言ってしまったのは彼女と離れたくないからだ。
そんな単純な自分に呆れながらも、ゆっくりと歩く彼女に歩調を合わせ、やや緊張気味に肩を並べた。

人込みの中、やたら視線を感じるのは、彼女の整いすぎている容姿のせいだろう。
なんとなく、聖が周りの男たちに躍起になっている気持ちがようやく分かった気がする。
「どこ行きますかねー」
そう言った彼女の視線が街中をキョロキョロと泳いでいる。
一歩、踏み出すごとに速くなる心音。女と歩くだけでこうなったのはもちろん初めてだ。
最初は何とも思っていなかったのに、いつからこうなってしまったんだろうか。
そんなことが少しだけ脳裏を過っていた。
「…葵さんは何か食べたいものあります？」
顔を覗き込むようにして見つめられ、世に言う、上目遣いというやつに心臓が飛び跳ねる。
「なんなら飲みに行ってもいいですけど♪」

「あ、瞳ちゃん、いける口？」
クィッと、おちょこをあおるフリ。
「あたしは人並み程度かな。あ、でも、ビールは飲めないですけど」
「カクテルとか、そっち系？」
「えぇ」
「じゃあ、ショットバーにしよう。近くに行きつけの店がある」
そう言って、聖たちとよく利用するショットバーへと向かった。
ファミレスや、飲むだけなら居酒屋でもいいと思ったんだけど、でもどうせなら静かな場所でゆっくりとグラスを交わし合いたい。
飲むよりも、彼女と話がしたいと、そう思った。
20分程度歩けば、わずかに喧騒から離れた場所にあるショットバーが見えてくる。
小さな飲み屋が何軒も軒を連ねていて、青いネオンで彩られた店名が、夕焼けの青紫の空に溶け込んでいる。
〝OPEN〟の札がかけられているドアノブに手をかけて、酒なんて飲ませて聖に怒られないかな？とか思いながら、焦げ茶色のドアを押した。
「…感じのいい雰囲気ですね？」
チリン——…♪
ドアにぶら下がった鈴が心地のよい音を響かせる。
まだ陽が落ちきらないせいもあってか、店内には二、三組の客しかいなくて、しっとりと流れる洋楽だけが静かな店内を包み込んでいた。

「好きなの頼んでいいからね？」
「あ、はいっ」
一番奥の席へと座り、カウンターに備え付けてあるメニューを彼女に手渡した。
彼女は少し迷ったあと、アプリコットオレンジをオーダーする。
甘くてアルコール度数が低めの、フルーティなカクテルだ。彼女らしいチョイスだと思う。
逆に俺は辛口で度数が高めのマルガリータをバーテンに告げる。
カクテルグラスを塩で縁取った、スノースタイルのカクテル。
酒に塩の辛味が混ざり、一口で目が冴《さ》えるような感覚に小さく唸った。
「よくそんな強いの飲めますね？」
カウンターにヒジをついて、両手でグラスを持った彼女が微笑みかけてくる。
「聖には酒癖が悪いって聞いてたんだけどなぁ」
「は、誰が？」
「葵さん」
いたずらに笑い、グラスをあおった喉は小さく揺れた。
「潰れたら責任持って介抱してネ？」
「ははっ、タクシーくらいなら呼んであげますよ」
「だめ。ちゃんとベッドまで連れてってくんないと」
それは無理ですー。
そう苦笑した彼女を横目に、残りのカクテルを一気に喉へと追いやった。
このまま酔ってしまえたら。と、本気でそう思って。

［瞳に気持ち伝えろ］

聖の言った言葉がぐるぐると頭ん中で繰り返されている。
告白するにしても、酒の力でも借りない限り、きっと伝えることは出来ないと思う。
だってそうだろ。
最初から分かってる負け試合。
ここで玉砕してしまえば本当にこれで終わってしまう。
彼女を振り向かせることが出来ないのは分かっているけど、でも、もしかしたら？　そう思ってしまう自分がいるのも確かなのだ。
期待してないつもりでも、心のどこかでは期待してしまっている。
「…ちょっと、まだ飲むつもりですか？」
ちょうど５杯目のアルコールに手をつけようとしたときのことだった。
「車じゃないからって少し飲みすぎですよ？」
そう言いながら、彼女は俺の持っているグラスを取り上げる。
「…大丈夫だって。まだ頭ん中ははっきりしてるしー」
「嘘。だいぶ目がトロンとしてますもん」
「じゃあ、介抱して？」
そう言って、奪われたグラスを奪い返してやった。
「もう…っ！」
そのまま崩れ落ちるようにしてカウンターに突っ伏した。

意識はまだ保てていると思う。
いつもなら、たった５杯で潰れることなんてないのに、今日に限って悪酔いしてしまったようだ。
そんな俺を心配してか、彼女は何度も名前を呼びながら肩を揺する。
「ちょ、ほんとに大丈夫ですか!?　そろそろ帰ったほうがいいんじゃ…」
「…へーキ、全然」
「…もう、どこがよ。葵さん、送ってくから帰りましょう？」
「あー、うっさいなー」
シラフのままじゃ、伝えられるものも伝えられないと思ったから酒の力を借りたのに。
なのに、どっちにしろ伝えられないんだな。と、薄れゆく意識の中でそう感じていた。
それからの意識はプツリと糸が切れたように途切れてしまっていた。
起きているのか寝ているのかさえ分からない。
…情けねぇな。
好きな女の前で潰れるなんて。
いい歳して自分でも呆れてしまう。

次に意識を取り戻したときには、見覚えのあるアパートが俺の視界に映り込んでいた。
寒空の下にぼんやりと霞んだ屋根が溶けている。
どうやってここまで来たのかは分からないけど、でも２階建ての鉄筋コンクリートの建物は紛れもなく俺の住んでるアパートだった。
「…葵さん？」
まだはっきりしない意識の中、彼女の控えめに上げられた声を聞いた。
「…大丈夫ですか？」
なぜか俺の手が彼女の肩に回り、彼女の手が俺の腰に回っている。
自分の足で立ってはいるが、抱きすくめられているような体勢に身体は密着していた。
「…ここって、俺んちだよね…？」
これは酔いのせいなんだろうか。
近すぎる彼女の存在に一気に体温が上昇しているのが分かる。
それでも焦っていることを悟られたくなくて、あたかもたった今気づいたかのようにアパートを指さして言った。
「へっ？　葵さんがここだって案内してくれたんじゃないですか」
「そ、そうなの…？」
俺の発言に、不思議そうに眉をしかめる彼女。
「…もしかして、記憶、飛んでました？」
「俺、ずっと意識あった？」
「えぇ、だいぶ酔ってるみたいでしたけど…」
「…じゃあ記憶だけ無くしてるわ」
最悪だ…
酔った勢いで記憶だけを無くすなんて。

いっそのこと眠ったほうがマシだった。
記憶を無くしてる間、まさか、変なこと言ってないよな…？
「…、」
好きだ。とか…
いやいやいやっ！　彼女の様子を見る以上、それはまずない…と思う。
頭に浮んだ嫌な仮説を打ち消すように、俺は思いきり頭を左右に振った。
カンカンカン…と、甲高く響く階段の音。
「着きましたよ？」そう言われ、おぼつかない足取りで鍵を鍵穴に差し込んだ。
ガチャッと金属の擦れる音がして、重たい鉄の扉がゆっくりと開く。
部屋に焚《た》いたお香が鼻腔《びこう》をくすぐって、それと同時にあることを思い出していた。
「つか、ちょっと待った…‼」
「へ？」
非常にとんでもないことをしちゃっているような気がする。
玄関に入り、足のおぼつかない俺を座らせようとする彼女。
玄関のわずかな段差に腰を下ろし、屈んだ彼女が上から覆い被さってくる。
少し身を乗り出せば、すぐにでもキス出来そうな距離。
ふと顔を持ち上げたら彼女の唇がもろに視界に入り、思わず目を逸らしてしまった。
「…どうかしました？」

「あ、いや、お、送るから…っ！」
「え？　あぁ、別に一人で帰れるから大丈夫ですよ？」
「ばか、大丈夫なわけないじゃん！　こんな夜道を女一人で帰らせるかっつうの！」
…そうだ。
なに女に送ってもらってんだ？　俺は。
「…聖にも、送ってって頼まれてるし…」
約束を破ったときの聖の鬼のような形相が目に浮ぶ。
「…だから、送る」
「ちょ…っ、急に立たないほうが――…」
彼女の腕を払い除け、勢いよく立ち上がろうとしたときだった。
彼女の放った言葉を最後まで聞き終わる前に、俺の視界はグラリと反転する。
あれ…？　と思ったときにはもう遅かった。
真っ直ぐだった玄関の扉がユラユラと歪み、スライドの一コマが変わるように天井を目にした瞬間。
グィ…ッと腕を引っ張られ、俺の視界はさらに反転をとげた。
「――…っ」
ヒザに鈍い痛みを感じる。
状況を確認するように目を開けていくが、かすかに見え始めた光景に思わず目を見開いた。

「…痛ったぁ…」
なぜか仰向《あおむ》けに倒れている彼女。
「あ、葵さん、平気でしたか？」

「瞳、ちゃん？…」
柔らかく微笑んだ彼女を俺は上から見下ろしていた。
まるで、押し倒してしまったように彼女の身体を組み敷いている。
よろめいた俺を庇ってくれた彼女。
自分を犠牲にしてまで他人を助けようとする。
「葵さん？」
いつかのキスのときもそうだったっけ。
俺からのキスを責めることなく、俺に何かあったんじゃないかと心配してくれた。
倒れたときに乱れたワンピースが俺の一部を刺激した。
「…きゃ…ッ」
小さな悲鳴が短く切れる。
俺の手は彼女の手首を捕え、床に打ちつけるようにして固定した。
「ちょ…っ⁉」
暴れられないように全身の体重を使って押さえ込み、みるみるうちに青くなっていく彼女を冷めた目で見つめる。
「…葵さん？　手首、痛い…」
「……」
「お願い、どいて…？」
「……」
「お願いだから…」
さすがにここまでされれば、人の心配をしている余裕なんてないんだな。と、まるで他人事《ひとごと》のように思った。

彼女だって子供じゃないんだ。
俺が何をしようとしているか予想がつくからこそ、こんなにも青くなっている。
「…聖には秘密にするから…、」
「嫌だ…」
押さえつけられた手を握り、彼女はわずかな抵抗をみせる。
足も、ほんのわずかな隙間でジタバタとさせていた。
「今日くらい、俺のものになってよ…」
「葵さん、やめて…」
「…頼むから。今日だけは、俺を見て？」
逃げ場を失った彼女に少しずつ唇を近づけていく。
このままなにもかも奪いたいと思った。
吐息も、身体も、気持ちも、なにもかも。

「…好きなんだよ」

その刹那、抵抗を続けていた彼女の手がピタリと止まった。
勢いまかせに働いていた俺の思考も一瞬クリアになっていく。
俺は彼女を押さえつけたまま、目を見開いている彼女をじっと見つめた。
１秒１秒がこんなにも長い。
まるで時間が止まってしまったような感覚なのに、部屋の奥に置いてある時計はただ静かに時を刻んでいた。
「…ずっと、好きだったたって知ってた？」
体勢はそのままに、少しだけ笑みを浮かべてみせる。

冷たい床に横たわる彼女と、無造作に乱れてしまった髪が酷く可哀相で、いたわるようにして髪を撫でてあげた。
「知るわけないよな？　言わずに封印してたし」
「…じゃ、キス…も？」
「キス？　あぁ、産婦人科での？」
頷いた彼女に「そうだよ」と言葉を繋ぐ。
彼女はその答えに驚きの表情を見せた。
普通なら、あのときのキスで気づくんじゃないかと、彼女の鈍感さには少し呆れてしまう。
…ダメだな。
こんな状況で酔いはすっかりと醒《さ》めてしまったし、このまま強行突破という気分も失せた。
それどころか、俺に残ったものは〝後悔〟という感情のみだ。
これで完全に嫌われたな。と、意外にも冷静に分析している自分がいた。

「…悪い。タクシー呼ぶから、それで帰ってくれる？」
「葵さん…」
「ほんと、悪かった。もう近づかないし、出来れば今日のことも忘れてくれると助かるわ」
そう言いながら、横たわる彼女の腕を引いた。
倒した身体を起こしてやり、俺はポケットの中からケータイを取り出した。
彼女はうつむいたまま。俺はタクシー会社の番号を探し、通話ボタンを押した。

「…ほんと、最低なことしちゃったよな。タクシー、あと５分くらいで来るみたいだから…」
「あの…」
「聖にも、ちゃんと謝っとく。あいつ、瞳ちゃんで脳みそ出来てっから許してもらえないだろうけど、それも自業自得だと思って諦めるよ」
ははは…と、空っぽな笑い声。
彼女に罵《ののし》られるのが怖くて、まくしたてるようにして言った。
本当に卑怯だと思う。
聖は俺を思って背中を押してくれたのに、それを見事に裏切ってしまったなんて…
俺は彼女を玄関に残し、外で待つことにした。
彼女だって自分を襲おうとした相手と一緒にいたくないだろうし、なにより俺が耐えられなかったからだ。
彼女の物言いたそうな目が怖くて。完全に拒絶されるのが怖くて、逃げ出すことしか考えていない卑怯な自分。
「…タクシー来たら呼ぶから…」
そう言って、俺は彼女から背を向けた。
「…葵さん…っ」
彼女はいきなり声を出し、俺の腕を掴んで足を止めた。
ドキリと飛び跳ねた心臓。冷や汗がこめかみを伝う。
カチコチに固まってしまった身体は、まるで金縛りにでも陥ってしまったようだった。
「…少し、話しません…？」
「や、タクシー来るし」

呼吸がやけに苦しい。
逃げることで頭はいっぱいだ。
「じゃあ、聞いてくれるだけでいいです。すぐに終わりますから」
「どうせ、最低だとか言うんだろ？」
「葵さん、聞いて」
「いいって。自分が最低だってことくらい分かってる。だからもう近づかないって言ったろ？」
「違う…」
「違くねーだろ…！　襲われそうになったくせに、まだいい子ぶるわけ!?」
俺は勢いよく振り返った。
そして彼女の目を鋭い目つきで睨みつける。
が、彼女は意外にも冷静で、俺の怒声にも怯むことなくじっと見つめ返してくる。
その真っ直ぐな瞳に俺のほうが後ずさってしまう。
胸のうちを見透かされているようで、すぐに目を逸らしたくなった。
彼女は深呼吸をした。
目を閉じて、空気を肺へと送り込む。
一息ついて、またゆっくりと目を開けて、今度はおもむろに唇を動かした。

「あたしは…、」
出来ることなら耳を切り落としてしまいたい。

彼女の声が聞こえないように、痛みに聴覚が集中しないように。
「あたしは、葵さんのこと、好きです」
だが、そんな願いを突き破ってきた言葉に、俺は弾かれたように目を見開いていた。
最低でもなく、嫌いでもなく、聞き間違いなんじゃないか？って思ってしまうほどの意外すぎるセリフ。
「…確かに、さっきのは怖かったです。一瞬、思考飛んじゃいましたから…」
そう言うと、彼女は笑みを零した。
少しだけ切なそうな表情に胸がチクリと痛む。
「…あたし、トラウマがあるんです。もちろん、詳しく話すつもりもないし、言いたくもないけど…」
「え…？」
「だから、いい子ぶる余裕なんて、これっぽっちもない。嫌いになれたほうがどれだけラクか…」
かすかに車のエンジン音が聞こえてきた。
一向に去ろうとしない様子から、おそらくタクシーだろう。
彼女もその音に気づいたのか、床に落ちたバッグを拾い、俺との距離を一歩詰めてきた。
「タクシー、来ちゃいましたね」
そう言いながら、俺が開けようとしたドアを彼女が開ける。
「…葵さん？」
外の冷たい風が一気に部屋の中へ入り込む。
彼女は背を向けたまま、ゆったりとした口調で言葉を紡いだ。
「好きでいてくれて本当にありがとう。２年前も、いつも支えてくれてありがとう…」
淡々と聞こえてくる言葉を一字一句聞き逃すことなく噛み砕く。
彼女の言う〝好き〟は、俺が望んでいる〝好き〟とは違う。
拒絶には変わりないのに、それでも穏やかな気持ちでいられるのはなぜだろう。
逆に、ありがとう。と言われ、喉に刺さった棘《とげ》が取れたような気がした。
振られたのにスッキリとした気分だった。
…妙な気分だな。と、少し笑ってしまった。
「瞳ちゃん」
帰ろうとする彼女を呼び止めて。
「ありがとう！」
って、思いっきり腕を振って送り出していた。

俺にとっては、生まれて初めての告白だった。
俺にとっては、生まれて初めての本気の恋だった。
彼女は一度大きく目を見開くと、すぐに満面の笑みを浮かべ、大きく手を振り返してくれた。
告白しか聞いてませんから。
最後にそう付け加えて。
「…っとに、いい子すぎんだよ。瞳ちゃんは…」
階段を駆け下りていく音が聞こえて、パタンとドアの閉まる音を聞く。
タクシーに乗ったんだなと思い、そこで初めて顔を手で覆ってしまった。

…本気で好きだった。
実らなかったけど、でも本当に彼女のことが大好きだったんだ。
それでも彼女が望む本当の幸せを、俺は心から願ってやることが出来るだろう。
彼女が必要とする、大切な人と歩んでいく未来を。
俺は心から応援してやろうと、そう思った。

「…大好きだったよ」

最後にそう呟いて。
生まれて初めての本気の恋に、俺は自ら幕を引いた。

第五章　— 明 暗 —

第五章　―明暗―　　聖夜の約束

すっかりと人気《ひとけ》を無くしてしまった帰り道。
一人タクシーの中。外を見れば、真っ暗な暗闇に純白の雪がチラチラと降り積もっていた。
窓ガラスに映った自分の姿に、どうしても葵さんの姿が重なってしまう。
車内に流れるラジオのクリスマスソングさえも耳には入らずに、あたしを好きだと言った、あの切なげな表情と冷たい声色だけが何度も何度も脳内を駆け巡る。
…あたし、一体なにやってんだろう。
単なる自惚《うぬぼ》れだって否定し続けてきたけど、でも本当は、2年前にキスされたときから気づいてたんだ。
あたしに対する葵さんの気持ち。
居心地のいい存在を失うのが恐くて、認めるのが恐くて、ずっと知らないフリをし続けてきた。
あたしは最低だ…
深くタメ息をついて、背中を丸めるように額に手を当ててうつむいた。
すぐに運転手さんに「大丈夫ですか？」とバックミラー越しに心配されて、あたしは顔を上げて微笑み返す。
大丈夫だったらこんなに落ち込まないわよ。
そう心の中で呟いて、すぐにどんよりとした雲が心を覆った。
告白されて、ましてや押し倒してしまうまで思いつめさせて。

それを、たった５文字の言葉で済ませてしまってよかったのだろうか。

［ありがとう］

そんなの、あたしにとって都合のいい返事にしか過ぎないのに。

「お客さーん。着きましたよ」
もう一度タメ息を吐こうとしたとき、ふと運転手さんの声が聞こえて、出かかったタメ息を飲み込んだ代わりに「はい」と返して顔を上げた。
キィ…ッと家の前でブレーキがかかり、料金メーターを確認しながら財布を取り出す。
運転手さんに千円札２枚と、ぴったりになるように小銭を手渡して。
「またご利用下さい」
その事務的な口調にペコリと会釈をしてタクシーを降りた。
「…さむー…」
車内の暖房で温められた身体はすぐに悲鳴を上げる。
突き刺すような冷たい空気に体温を奪われて、冷える指先を吐息で温めながら足早に玄関へと駆け寄った。
本格的に降り始めてきた雪。首を竦め地面を見ると、まるでオセロの〝黒〟が〝白〟に侵食されていくように、みるみるうちに真っ白な雪が降り積もっていく。
結構、積もるのかな？　そう思いながらバッグの中から家の鍵《かぎ》を取り出そうとしたとき。
ちょうど門の辺りに積もった雪が踏み荒らされていることに気がついた。
「…瞳…っ」
それと同時に聞こえた声。
玄関ドアが開き、室内から漏れた明かりがあたしをぼんやりと照らす。
「…え、聖？」
一瞬、突然開いたドアに呆気《あっけ》にとられ、大きく瞬きをして相手を見返した。
…なんて、タイミング。
「…つか、遅ぇよ」
そう言って、聖はあからさまに眉を寄せると、降り積もった雪に足を突っ込んであたしとの距離を詰めてきた。
パタン…と扉が閉まり、完全に遮断された家の中と外。
室内の明かりは完全に消えている。
「ね、寝たんだ？　ママたち…」
チラッと闇に溶けた家を見上げるフリをして、思わず目を逸らしてしまった。
なんとなく、聖と顔を合わせることが気まずくて。
「ただいまぁー…」
そう言って、何事もなかったように家に入ろうとするあたし。
まさか、葵さんに告白されたなんて、口が裂けても言えないもの。
せっかく伝えてくれた想い。

あたしには聖しか考えられないからこそ、むやみやたらに口にしてはいけない気がした。
「瞳」
家に入ろうと聖の横を通り過ぎようとしたとき、「止まれ」その非常に低いトーンの声に行く手を阻まれた。
ビクンと肩が上がり、ヒクついた口角で作る満面の笑み。
出来るだけ平静を装って聖を見上げる。
…うん、思った通り顔が怒ってる。
門に寄りかかり、腕を組んであたしを睨む。
逸らしたら負けだと思い、じっと見つめ返すものの、先に地面に視線を落としたのは意外にも聖のほうだった。
「…聖…？」
首を傾げ、ふと聖の髪に積もった雪を払おうとしたとき。
伸ばした手を払い除けられて、そのまま聖の手があたしの頬に触れた。
その指先が酷く冷たい。
「冷えて…るよ？」
横目に聖の指先を確認した。
冷たい水に長時間晒したように、その細く長い指は赤くかじかんでいる。
怖ず怖ずと手を重ね合わせ、もう一度聖を見返す。
「…遅かったね？」
「あ、うん…。ご飯食べに連れてってもらったから…」
「飲んだの？」
「ちょっと…」

「ふぅん」
冷ややかな目に、クッと喉が鳴ったのが分かる。
「ずっと待ってたんだけど？」
耳元で小さく囁かれ、ふと踏み荒らされた地面のことを思い出した。
「…もしかして、ずっと、外で…？」
「そう」
…やっぱり。
だからだ。
だから門の辺りの地面の雪が踏み荒らされていたんだ。
ついでに指先も。ずっと外で待っててくれたから、だからこんなにも冷たくなっちゃったんだね。
「瞳。メシ食いに行くのはいいよ？　でも遅くなるなら電話の一本くらい入れといて」
真剣な目。
あたしはただ頷いて、聖の冷たくなった指先をキツく握った。
「…くしゅん…っ」
その刹那、静かな夜の住宅地に聖のくしゃみが小さく響く。
「やだ、風邪？」
「や、へーキ」
鼻をぐずり、ダルそうに「あー…」と唸った聖。
間違いなく、この寒空の中、あたしを待っていたせいだろう。
「…やべ、頭、ぼーっとしてきたかも」
額を押さえ、おもむろにその場にしゃがみ込む。
すぐに立ち上がってドアノブを掴んだものの、小刻みに震える唇と、荒い呼吸はすごく苦しそう。
「ご、ごめん…」
とりあえず聖の腰に腕を回して。
少しでも楽になるようにと、聖の身体を支えてあげた。
「なんか、逆に世話になっちまったな」
「ううん…」
待たせたあたしが悪いんだもん…
「あ、待った」
ふと聖は家に入ろうとした足を止めて、なにかを思いついたように顔を上げた。
「瞳、先に入って？　俺はもうしばらくしたら入るから」
「へ？」
首を傾げたあたしに〝ほら〟と家を見上げ、「起きてこられたらマズいしね？」そう苦笑した。
外から見れば、確かにどの部屋の明かりも消えている。
もうとっくに日付は変わっているし、普通に考えれば寝ててもおかしくない時間帯なのだが、それでもあたしはひと息分間を置くと腰に回した腕を解いて聖から離れた。
聖を見ると、急激に名残《なごり》惜しさが込み上げてくる。
離れたくない、もっと一緒にいたいと。
「瞳、風邪引く。俺もすぐ戻るから、早く入って？」
その切なげな表情。
聖もあたしと同じ気持ちなのかな？と、つい期待してしまう。
「…早く」
「分かってるってば。風邪引きそうなのは聖なんだから、聖もすぐに部屋に入ってね？」
冷たく急かされたとしても、聖はあたしのためを思って言ってくれてるのだ。
くしゃみをしていたのは聖のほうなのにね？
困らせないために。
これ以上、聖を無駄に外にいさせないために、あたしは無理やり笑顔を作り、聞き分けの良いフリをした。
最後に聖の姿を目に焼きつけて、「おやすみ」と口にしながら一気に玄関の扉を開けた。
ずっと寒空の下にいたせいか、温かな空気がふんわりと身体を包み込む。
扉が閉まる際、隙間から見える姿をあえて見ようとはしなかった。
後ろ髪を引かれるような想いに寂しさだけが募るから。
「…あ」
が、完全に扉が閉まろうとした瞬間、ふいに聞えてきた声に顔だけをわずかに上げて。
「明後日、空けと——…」
思わず振り返ったときにはもう遅かった。
最後まで聞き終わる前に、静かに閉まった扉が聖の声を遮断する。
パタン…と閉まった扉。寝静まった家の中はやけにシン…としていた。
「…、」
…明後日、空けと…いて？

語尾は途切れてしまったけど、でも確かにそう聞こえた気がする。
あたしはドアノブを握ったまま、少し考えてから手を離した。
もう一度ドアを開けて聞き直すことは出来る。でも、これじゃあ、いつまで経っても事は進展しない。
聖は今もあの冷たい外気に晒されたままだというのに。
あとでメールでもしてみればいい。
これなら寝ている両親にも気づかれないし、出来るだけ早く、聖を家の中に入れてあげることだって出来る。
あたしは聞き直したい衝動を無理やり抑えこみ、両親を起こさないようにして慎重に階段を上った。
あたしたちの部屋は２階にあるが、両親の部屋は１階の廊下を挟んだリビングの向かい側にあるのだ。
階段を上り終え、ようやくホッと胸を撫で下ろす。
部屋に入り、ドアを閉めたと同時に玄関の扉が開いた音を聞いた。
…そういえば、
「明後日って…」
聖が言った言葉を思い出し、テーブルに置いてあった卓上カレンダーに目をやった。
順番に日付をなぞり、ちょうど〝明後日〟の場所で指を止める。
それを見て、頭の中が真っ白になった。

［明後日、空けと――…］

繰り返されるのは、扉が閉まる寸前に聞いた、聖のあのセリフ。
「12月、24日…？」
クリスマス、イブ…？
「…うそ…」
もう一度確認するようにカレンダーの日付を見つめる。
今日が22日。その升目状に区切られた日付をひとつ指で飛びこえたとき。
突然、静けさを裂くような着信音が、バッグの中でくぐもった音を上げだした。
やっば…ッ！
真っ先に浮かんできたのは１階にいる両親のこと。
起こしてないよね？　そう焦りながらケータイを開くが、意外にも音はすぐに止み、その着信がメールだってことをあたしに教えてくれる。

From：早瀬　聖
本文：明後日、空けといて。

しかも、内容はたった一言。
扉が閉まる寸前に聞いたセリフの続き。
「こ、これだけ？」
率直にでた感想がそれだった。
キョトンとしてもう一度メールを読み返す。
呆れた。
あんなに焦ってケータイを開いたっていうのに、肝心の内容がこれだけなんて。
淡い期待を抱いてしまった自分にタメ息を吐いて、そのままメニューボタンの中の〝返信〟を選択した。
返信先はもちろん聖。
真っさらな本文画面を開き、頭の中で文章を考えたあと、ボタンに乗せた親指がメールを飛ばす。
一応、ケータイはマナーモードに設定しなおして。

From：早瀬　瞳
本文：考えておく。

ちょっとした仕返しだ。
今頃、聖の携帯にはこの文章が表示されているはずだ。
あたしのように、少しは残念がってくれるだろうか。
あたしたちは頻繁にメールという機能を使わない。
あたしがメールを送っても、その返事はいつも電話だったりする。
聖がメールを打つのは本当にめずらしい。
あたしのケータイはすぐに二度目となる着信を受けた。
またメールかと思い、そのままほったらかしにしていたが、でもバイブの振動は一向に鳴り止もうとはしない。
電話…？　そう思い、あたしは恐る恐るレシーバーを耳元へとあてる。
通話ボタンを押し、「はい…？」と告げた瞬間。
《部屋、行くから》

「へ？」
ツーツーツー…
聖は用件だけを告げると、すぐに電話を切ったらしい。
呆然とするあたしを残し、気づいたときにはもう、終話音だけが空しく耳に響いていたから。
っていうか、なんだ？　これは。
ガチャ…ッ
「……!?」
そして、予告した通り、間髪入れずに開かれたドア。
勢いよく振り返り、我が物顔で押し入ってきた人物に心臓が激しく跳ねた。
「…聖…っ」
な、なんで!?
なんでここにいるの!?とばかりに大きく瞬きをした。
聖は無表情のまま、というより、微妙に険しい表情をしているのは気のせいだろうか。
「…てか、ま、まずくない…？」
それよりも、メールならともかく、こんなところを両親に見られたら一巻の終わりだ。
なぜか怒っている様子の聖を刺激しないように、出来るだけ当たり障りのない口調で、「さっきのは冗談だからね…っ？」
結局、謝ってしまうあたしは相当立場が弱いのかもしれない。
「冗談？　なにが？」
そのまま部屋の中に足を踏み入れて、ジリジリとあたしとの距離を詰めてくる。

後ろにあるベッドのふちにヒザの裏が当たった。
もう後ろに引き下がることはどう考えても不可能だ。
すぐ目の前には聖がいる。
その近すぎる距離に妙に緊張してしまい、それでも近づくことを止めない聖に、あたしは無意識に身体を仰《の》け反らして回避した。
「わぁ——…」
が、本当に突然だった。
身体のバランスを崩し、視界がグルリと反転する。
「——…っ」
ドサ…ッ！と、深くベッドに沈んだ身体。
身体はマットの上で大きく跳ねて、状況を確認するようにゆっくりと目を開けていく。
最初に見たのは天井。次に見たのは…

「明後日、考えとく。んだ？」
「……ッ」
あたし同様に倒れ込んでいる聖の姿。
顔の両脇に手をついて、覆い被さるようにしてあたしを見下ろしている。
聖は自信たっぷりに唇の端を上げた。あたしは首を回し、恥ずかしさに顔ごとフェードアウトした。
「だ、だから、それは冗談で…っ」
「冗談？　へぇ？」
「〜〜っ」

声が外に漏れないようにだろうか。
最高に小さな声で、最高に耳に近い場所で、聖はクスッと笑って囁いた。
「冗談言って、俺になにを言わせたい？　それとも、俺を怒らせて、断る手間を省こうとした？」
吐息がかかり、背中の中心がゾクゾクと震えた。
「ちゃんと、伝わってるって思ったんだけどな」
クリスマス。
そう付け加え、テーブルに置いてあったカレンダーを指さす聖。
それはさっき、あたしが紙に穴が開くほど見てたモノ。
悪いのはあたしだ。
聖がメールをしないことくらい知っていたのに、短文だったメールに勝手にがっかりしただけなんだ。
「嫌なら無理にとは言わないけど？」
「…っ、む、無理じゃない…っ‼」
「そう？」
あたしは思いっきり首を横に振って否定した。
クリスマス、あたしも聖と一緒に過ごしたい。
聖と、大好きな人とずっと一緒に…
「…過ごしたい…」
そう素直に言えば、返事の代わりにキスを落とされた。
「…最初から素直になってればいいのに」
聖の顔が少しだけ赤く染まったような気がする。
一度目のキスを終えたとき、あたしには何故《なぜ》かそう見えた。
確かめる前に、今度はもっと深く、唇を塞がれてしまったけど。

「…くしゅん…っ」
そのキスも、聖のくしゃみのせいでほんの一瞬だけだったけど。
それでも…
「…やべ、明日中に風邪治さねぇとな」
「な、治るかな？」
「や、治すし」
少なからず責任を感じていたあたしに、聖はキッパリと答えてくれた。
髪を撫でて、アゴをすくわれて、くしゃみの合間に落とされたのは軽く重なり合うだけのキス。
どうせなら、このまま移してくれても構わないのに。と思ってしまう。
あたしなら、たとえ治らなかったとしても、這《は》ってでも聖とのクリスマスを過ごしたいって思うから。
「…まぁ、治らなくても行くけどね」
「無理は禁物だってば」
「ふぅん、そういうこと言うんだ？」
口ではそんなことを言ってみたけど。
でもどうか、明後日のクリスマス、愛しき人の風邪が治りますように。
そう願いを込めて、あたしは秘密のキスにそっと目を閉じた。

第五章　―明暗―　　狂った歯車

…ねぇ、聖。
聖は気づいてた？
クリスマス。二人きりで過ごすなんて、あたしたち、初めてなんだよね？
小さい頃はよく、家族みんなでクリスマスケーキを囲んだりしてさ？
お祝いしたあとは、サンタの格好をしたパパが、毎年枕元にプレゼントを置いてくれたよね。
あたしたち、それがパパだってことをずっと前から知っていたのに、わざと知らないふりなんかしちゃってさ？
よくベッドの中で笑い合ったのを今でも鮮明に覚えているよ。
でも、それも長くは続かなかった。
お互いが年を重ねるたびに、家でクリスマスを過ごすことなんてほとんどなくなっていた。
重なる年齢とは裏腹にどんどんと減っていく家族との思い出。
聖との記憶。
無邪気に笑い合えたのは、一生分のほんの一瞬のこと。
誰と過ごしているの…？
そう思うたびに胸が苦しくて、締めつけられて。
聖の隣に見知らぬ女性の幻影を抱いて、あたしは何度も何度も嫉妬で顔を歪ませたんだ。
そんなこと、知らなかったでしょう？

「…っぁ！　やっば…！」
朝起きて、化粧をしている最中に気がついた。
結局、聖が部屋に戻ったのは明け方。塗ろうとしていたマスカラをポーチに戻し、カレンダーを眺めた。
24日。すぐにピンク色のハートマークが描かれた日付を見つめる。

「プレゼント…。あたし、なんにも用意してないじゃない…」
小さくタメ息を吐いたあと、バッグの中から顔を覗かせている財布を手に取った。
入りっぱなしのレシートを見て、こないだ新しいワンピを買ったばかりだということを思い出し、またタメ息が出る。
「…４万ちょい、か」
プレゼントを買えない金額ではない。むしろ、デート代を含めても十分な金額だ。
「まいったな…」
それでもあたしの気分はなかなか晴れない。
しばらく考え込んだあと、近くにあった雑誌を開き、パラパラとめくって、ある場所で指を止める。
赤と緑のコントラストで組まれたクリスマス特集。
〝男性が欲しいXmasプレゼントTOP10〟
その文字を食い入るように眺めたけれど、増えるだけの選択肢になかなかピンとくるプレゼントが決まらない。
数多くの時計や財布のカタログを前に、あたしは本気で途方に暮れていた。
プレゼント。
いくら買うお金があったとしても、肝心のプレゼントが決まらなくちゃしょうがない。
まぁ、誘われたこと自体ついさっきのようなものだから、仕方がないって言えば仕方がないのだけれど。
「…誘うの急すぎるんだってばぁ…」
盛大にタメ息を吐き、そのままテーブルに突っ伏した。
というより、あたしってば、今まで男の人にプレゼントなんてしたことなかったような気がする。
20年近く生きてきてよ？　クリスマスにしたって、誕生日にしたって、聖にすらあげたことがなかったのだ。
「…うわ、どうしよ」
今さら、なにが欲しい？なんて聞くのもワザとらしい。
どうせなら内緒で用意して驚かせたいし。
喜んでもらえるとなおさら嬉しいんだけど…
だけど、聖が貰って喜んでくれるプレゼントってなに？
欲しい物、そんなこと聞いたことないもん。
あぁ…と唸り、無意識に雑誌をめくった。中身なんてこれっぽっちも頭に入っていないのだけど。
そういえば、マナはどうするんだろ…？
きっと入江《いりえ》さんと過ごすんだろうけど、でもプレゼントはもう用意しているのかな？
「…あ」
自然と言葉が漏れた。

そうだ。なにも一人で悩まなくてもマナに相談してみればいいじゃない。
あのマナが、まさかクリスマスを入江さんと過ごさないなんて、まず考えられないもの。
あたしは突っ伏した身体を起こし、マナにメールを打った。
今日、出来たら会えないか、と。
そのまま返事待ちのケータイを手元に置いて、とりあえず化粧を完成させることにした。
いつでも外に出かけられるように。
それと、昨日は少しのおつまみとお酒しか口にしていないのだ。
いい加減、お腹《なか》も空いた。
あたしはケータイだけポケットにしのばせると、階段を下り、リビングのドアをゆっくりと押した。
「あ、れ…？」
ガヤガヤする。
この瞬間、あたしはいつも緊張してしまう。正確には聖との関係がバレたときからだ。
両親はいるのか、聖はいるのか。修復しようとしていても、一度出来てしまった溝はそう簡単には埋まらない。
…ううん。
もしかしたら一生埋まることなんてないのかもしれない。
来年の３月を迎えてしまえば、その溝は底なしの沼となってしまうから。
幸せを手に入れる、たった一つの交換条件として。

「…おはよ」
ドアを開け、真っ先に目に飛び込んできたのは母親の顔。
「あ、おはよう。瞳、早いじゃない？」
案の定、リビングにいた母が、対面式のキッチンから顔を覗かせた。
ダイニングテーブルにはサラダやベーコンエッグなどが並べられている。
どうやら軽い朝食を装《よそ》っていたようだ。
「ママこそ今日は休み？」
「まさか、今日は夜勤」
朝食、食べる？と。そう付け加えられ、あたしはイスに腰を下ろして母を一瞥した。
こうやって何気ない会話をする以上、昨日のことはバレてないようだ。
笑顔で「はい」とお箸《はし》を手渡してくれた母にホッと胸を撫で下ろす。
「…あ、そうだ」
ふと顔を上げた母親。
あまりにも自然に言葉を発したもんだから、あたしも何気ない様子で耳を傾ける。
サラダを口に運びながら、これからの母の一言が歯車を狂わせる引き金となるなんて、このときはこれっぽっちも思ってはいなかった。
「24日。久しぶりに家族みんなで過ごさない？」
一瞬、なにを言われたのか分からなかった。

エプロンの裾《すそ》で手を拭きながら、キッチンから出てきた母が抑揚のない声でそう言った。
「クリスマス、昔みたいにケーキを囲んでね。何年ぶりかしら」
そうクスクスと笑った母に、あたしはただただ目を見開いて呆然とした。
意図が読めない。もしかしたら単なる思いつきなのかもしれないけど。
でも、でももしかしたら…
それ以上は怖くて想像すらしたくなかった。
朝食に箸を迷わせるふりをして言葉を探す。
母は、昨日の聖との会話を聞いていたのだろうか。
だから、クリスマスを家族で過ごそうなんて言い出したのだろうか。
「…瞳？」
「え……」
「大丈夫？　急に黙り込んじゃって」
「…あ、うん。いいんじゃない？」
とっさに出た苦し紛れの決断だった。

ルルルルル…ッ♪
ルルルル…ッ
「あら、電話？」
先に目を逸らしたのは母のほうだった。
母の視線の先を追い、ポケットに沈めたままのケータイを取り出す。

長い着信音は電話だってことを教えてくれる。
「ごめっ、電話、マナからだ！　ご飯、ごちそうさま…っ」
あたしは逃げるようにリビングを出て、一息吐いたあと、ようやく通話ボタンを押した。
《あ、瞳っ？》
マナの明るい声に、硬くなった表情が和らいでいくのを感じる。
《メール、見たよ！　マナは今からでも大丈夫だけど、どうする？　外で待ち合わす？》
「うん、ありがとう。あたしも用意は出来てるから、あ、うん。分かった、OK」
１時間後の約束を取り付けて電話を切る。
ちょうど入江さんのマンションからの帰りで、駅前をぶらついていたというマナ。
駅前なら時間はそうかからない。タクシーなら５分もかからない距離だ。
「出かけるの？」
壁に背中を預け、ふぅ。と息を吐いたとき。
突然、声をかけてきた母に、落ち着いたばかりの心臓がまた大きく跳ねた。
「ママ、今日は夜勤なんだけど…」
「あ、晩ご飯なら平気。たぶんマナと食べてくるし、必要なら自分で作るから」
「そ？」
自分でも完璧すぎるほどの返答だったと思う。
日々、騙《だま》すことに慣れてきている。

母は「悪いわね」そう言って、あたしに背中を向けた。
リビングのドアが閉まり、やけにシンとした空間に胸のザワめきだけが大きく響く。
いたたまれない。そのザワめきから逃れるようにしてあたしは家を飛び出した。

家を出て、駅に向っている最中でさえ足が震えている。
母親の様子を見る以上、まずバレてはいない。
とうに深い眠りについている時間帯、普通なら少しの物音では起きないはずだ。
でも、それならなんで、急にクリスマスを家族で過ごそうなんて言うの？
去年も、一昨年も、そんなこと一言も言わなかったはずなのに。
［明後日、空けと——…］
ママは、あのときの聖の言葉を聞いてたの…？

「瞳ーっ‼」
ふと聞こえた声にハッと顔を上げた。
騒音で掻き消されそうなほどの声だったけど、でも道路の向こう側には待ち合わせをした駅と、大きく手を振っているマナが立っていた。
赤信号が青へと変わり、人込みを掻き分けるようにしてお互いが歩み寄る。
クリスマス直前の街。店や枯木を彩るイルミネーションがいたるところで輝いていた。

「やーっ！　瞳っ、久しぶりじゃーん♪」
マナの満面の笑みにあたしまでつられてしまう。
「マナこそ、元気してた？　仕事、大変なんでしょう？」
「まぁね。でも何とかやれてるし、大丈夫っしょ！」
ずっと続いていた腐れ縁も、高校を卒業したのと同時に終わってしまった。
あたしは短大、マナはアパレル系の会社に就職した。
もちろん、進んだ道が違うせいで連絡も会う時間もめっきり減ったことは否めない。
それでも離れていた分の距離を感じないのは、きっとマナとの友情が本物だからなんだ。と、あたしは思う。
「…で、どうする？　とりあえず、ランチでもする？」
「あ、いや、その…」
「…？」
ランチをしようと言ったマナに言葉を濁し、あたしはチロチロと視線を泳がせる。
「…あの、さ？　マナって、24日仕事休むんだよね？」
「24って、クリスマス？　そりゃ、巧太《こうた》と過ごすし、有休とってあるよ？」
「だ、だよね…！」
うん。
思った通りビンゴだ。
小さく意気込んだあたしに首を傾げたマナを見て、あたしは思いきって聞いてみた。
「プレゼント…っ、なにあげるの!?」

「は、は…？」
あたしの言葉が意外だったのか、すぐに目を丸くして聞き返された。
「だから、クリスマスプレゼント。入江さんになにあげるのかなぁって…」
「もしかして、瞳もあげるの？」
「や、その…」
改めて聞き返されたことに急に恥ずかしさを覚えて、言葉を濁したあたしはただコクリと頷いた。
クリスマスとか、プレゼントとか、あたしにとっては初めてのことなんだもん。
行事に踊らされる、このテレくささ。まさか、自分がこんなことで悩むなんて思ってもみなかった。
ううん、正確には諦めていたのかもしれない。
あたしと聖は実の兄妹だから、絶対にこういうことはありえないんだ、と。
「よ、よしっ♪　とりあえずモールにでも行ってみるかっ！」
マナの明るい声によって沈黙は破られて、あたしの表情もパァッと晴れる。
「モールならショップも揃ってるし、どうせ目星すらつけてないんでしょ？　ブラついてれば、いいの見つかるかもよ？」
「いい…の？」
「当たり前。そのために呼び出したんでしょ？」
目の前に大きなブイサインを突き出され、マナはあたしの腕を勢いよく引いた。

一瞬だけ風を切り、景色が大きく変わる。
新しいことに足を踏み出してみるのも案外悪くないと思う。
マナの背中を見て、なんとなくそう思った。

「…つか、混みすぎでしょー…」
モールに着いて、まず人の多さに圧倒された。
「まぁ、クリスマス前だもん。当然じゃない？」
「そだね。誰かさんみたいに、ねぇ？」
「う、うるさいな…」
ニヤリと笑ったマナを無視し、人でごった返している店内を探索していく。
真っ先に向かおうとしたのは、メンズブランドが揃っている３階。このモールには何度も来たことがあったため、だいたいの配置は頭の中にインプットされていた。
２年前、聖とも来たことがあったっけ。付き合って初めてのデートの場所がここだった。
一緒に洋服を選んでもらって、一緒にクレープを食べたよね。
旅行に行けたのも、ここの旅行ショップを通ったからなんだ。
「…懐かしいな」
店内を見渡して、懐かしさに笑みが零れる。
「瞳ー？」
「あ、ごめんっ」
手招きしてるマナに呼ばれ、とっさに思考を切り替えた。
浸るのもいいけど、でもまずはプレゼントを決めなくてはいけない。

あたしは頭を横に振り、さっそく軒を連ねているショップに目を向けた。
「それにしても、どこもクリスマス一色だよねー」
「まぁね。マナのショップもだけど、この時期はかき入れ時だもん。どこの店も必死だよ」
そう言って、どんよりとした様子で息を吐いたマナ。
きっとクリスマス商戦の忙しさを思い浮かべているのだろう。
確かにどのショップもクリスマスの特設コーナーを設けている。
ほんのりと頬を赤く染め、その特設コーナーを眺めているカップルを見ていると、かき入れ時というのにも妙に納得することが出来た。
「あ。無難に財布とかキーケースってのは？」
「財布かぁ」
「そう！　マナは手帳カバーを買ったんだぁ♪　どうせなら、いつでも使ってもらえるのがいいじゃない？」
そう言って、まず最初に足を踏み入れたのは、メンズ雑誌でも有名なブランドショップ。
マナの言う通り、どうせならずっと身につけてもらえる物がいいもんね。
「…財布に時計、キーケースもありかな」
うん。これならだいぶ候補が絞られる。
ガラスケースの中を彩る商品に、聖の喜んだ顔が重なった。
その笑顔にあたしまで頬を緩めてしまう。
そして目についたのはひとつのアクセサリー。
「すいません。これ、包んでもらえますか？」

そう言って、あたしはガラスケースの中のアクセサリーを指さした。
聖がずっと使ってくれるように、使うたびにあたしを思い出してくれるように。
ねぇ、聖？
早く、早く、聖の喜んだ顔が見たいよ。

「でもさぁ、ちょっと意外だったなぁ」
次に入ったのは、ケーキが美味しいと有名なスイーツカフェ。
お昼も近いせいか、店内は女性客たちでガヤガヤとにぎわっていた。
「だってさ？　今まで瞳にこういう相談されることってなかったじゃん？」
「へ？」
「彼氏っしょ？」
「なな…っ⁉」
苺のレアチーズケーキをフォークで崩しながら不敵に笑うマナ。
「まさか、クリスマスプレゼントを女友達にあげたりしないっしょ？」
「ん、まぁ…」
マナの視線にテレくささを覚え、とりあえず紅茶をすすった。
一瞬で熱くなる顔。
それを熱々の紅茶のせいにして、隣に置いたプレゼントにこっそりと目を向ける。
「…でも、そんなんじゃないって、」

「嘘だぁー」
「ほんとだよ。たまにはさ、親にプレゼントでもしようかなって…」
「彼氏じゃないの？」
「…いないよ、彼氏なんて」
彼氏。
聖のこと、本当はそう呼んでもいいと思う。
だけど、あたしはあえて嘘をついた。
マナはあたしたちの関係を知らない。だからこそ、彼氏という存在を教えるわけにはいかないのだ。
会わせて。
そう言われたら、なんて答えていいか分からないもの。
マナの冷やかしを軽くあしらって、ケーキを一口、口に運んだ。
もう一口、更にもう一口。
カップを口に運びながら、食べ始めたケーキももう半分以上のところまできてしまっていた。
「マナ？」
なんとなく不思議に思う。
あたしが最後に言葉を発してから、マナの反応がひとつもなかったのだ。
「どうしたの？　マナ、ぼーっとしてる？」
なぜか視線を落としたままのマナに、手をヒラヒラとチラつかせる。
少しだけマナの目線があたしに向いた。
が、その表情にさっきまでの明るさはない。どんよりとした顔で、なぜか寂しげなマナの目に胸がザワつく。
「…マナ？　ごめん、あたし、なんかした？」
「…別に」
「別にって、全然そういう顔してないけど？」
「なんでもないってば」
「なんでもないわけないでしょ？　ごめん、あたしが気に障ること言ったなら謝るから、ちゃんと言って？」
だんまりを決め込むマナに小さく息を吐いた。
心当たり、そんなもの全然ない。
あたしはさっきまでの会話を頭の中でリピートさせたが、でもその会話の中で怒らせるほうが困難な気がする。
お互いに続く沈黙。
手元にあるケーキ皿もカップももう空っぽだ。
「ごめ…、もう、帰ろうか？」
そう言って、伝票を取ろうとしたときだった。
「…マナ、そんなに信用ない…？」
立ち上がったあたしをジッと見つめ、今にも泣きそうなマナと視線が絡み合う。
突拍子もないセリフに一瞬頭が真っ白になった。
「マナのこと…っ、ほんとは心のどこかで恨んでる…⁉」
「ちょ、マナ…⁉」
ぽろぽろとテーブルの上に落ちる涙。
真っ白なテーブルクロスにいくつもの水玉模様が出来上がる。
あたしは持ち上げた腰をまたイスへと戻し、「…どういうこと？」泣いているマナをなぐさめるようにそう言った。

言っている意味がまったく分からなかった。
あたしがマナを恨む？　信用していない？
そんなこと、脳裏を過ったことすらなかったのに…
「ごめ…。マナ、ずっと謝らなきゃって思ってたのに、でも瞳に嫌われるのが怖くて、ずっと知らないフリを続けてた…」
「え…？」
「マナ、気づいてたんだよ？　あることを境に、瞳、マナに彼氏が出来たこととか全然話してくれなくなったでしょ…？」
ある、こと…？
その言葉に胸のずっと奥底がチクリと痛んだ。
思考はまだ追いついていないのに、神経が敏感に反応している。
聞きたくない。それ以上のことは聞きたくない…
「…和希《かずき》とのこと、本当はマナがいけなかったんだ…」
和希…
高校のとき、人数合わせで行った合コンで知り合った年上の男だった。
キスも、身体も、あたしはこの男に全部あげたんだ。
こんな最低な男に、どうしようもない理由で。
「マナが…、マナが瞳を合コンなんかに誘わなければ…、瞳は…っ」
そして、あたしは和希の先輩にレイプされた。
忘れようとしていた記憶が大粒の涙となって蘇ってくる。
とめどなく流れ落ちる涙。あのとき感じた痛みのように、洋服に一生消えないシミを作っていく。
「…瞳に辛い思いをさせたのは、ぜんぶ、マナのせいなんだよ…？」
辛い過去、消せない事実。
だけど、それはマナのせいなんかじゃない。
そんなこと、一度だって思ってない。
「本当は、心のどこかでマナを恨んでたんでしょ…？　だからっ、好きな人のこととか、マナに教えてくれなかったんでしょ…⁉」
「マナ…っ、それは違うよ⁉」
「違くないよ…‼」
マナの声が店内中に響き渡った。
集まるギャラリーの視線も無視し、マナは真っ直ぐにあたしだけを見つめてくる。
「瞳がマナを責めようとしないから、マナ、ずっと瞳に甘えてたんだ…」
「違う、違うよ⁉」
あたしは、あたしはマナがいたからこそ救われたんだよ？
「…ごめ、もう帰る」
「マナ！　待って…っ⁉」
泣いた顔なんかじゃない。
あたしはマナの優しい笑顔に救われたんだよ？
なにも聞かずに肩を抱いてくれて、マナは一緒になって泣いてくれた。
あいつが捕まったときは一緒になって喜んでくれた。
あのときのあたしを救ってくれたのは、間違いなくマナだったのに――…

［瞳がマナを責めようとしないから…］
［ずっと瞳に甘えてたんだ…］

「——…っ」
あたしはずっと、自分を救ってくれた親友を苦しめていたのだろうか。
背中を向けて走り去ったマナ。
あたしはそれを追いかけることが出来なかった。

大切な存在をなくした店内では、あたしのすすり泣く声だけが、にぎやかな喧騒《けんそう》にただ溶けていた。

【下巻へ続く】

本書に対するご意見、ご感想をお寄せください。

あて先

〒160-8326
東京都新宿区西新宿4-34-7
アスキー・メディアワークス
魔法のiらんど文庫編集部
「ナナセ先生」係

「魔法の図書館」
（魔法のｉらんど内）
http://4646.maho.jp/

魔法のiらんど

1999年にスタートしたケータイ（携帯電話）向け無料ホームページ作成サービス（パソコンからの利用も可）。現在、月間35億ページビュー、月間600万人の利用者数を誇るモバイル最大級コミュニティサービスに拡大している（2008年3月末）。
近年、魔法のｉらんど独自の小説執筆・公開機能を利用してケータイ小説を連載するインディーズ作家が急増。これを受けて2006年3月には、ケータイ小説総合サイト「魔法の図書館」をオープンした。
魔法のｉらんどで公開されている小説は、現在100万タイトルを越え、口コミで人気が広がり書籍化された小説はこれまでに70タイトル以上、累計発行部数1,300万部を突破（2008年3月末）。ミリオンセラーとなった『恋空』（美嘉・著）は2007年11月映画化、翌年8月にはテレビドラマ化された。2007年10月「魔法のｉらんど文庫」を創刊。文庫化、コミック化、映画化など、その世界を広げている。

Profile

ナナセ

Nanase

宮城県出身。血液型A型。趣味は漫画を読むこと、映画鑑賞、ショッピング。『片翼の瞳』にて第1回日本ケータイ小説大賞で読者人気投票第1位を獲得する。上記作品の2年後を描いた本作は、多くの読者からの熱い要望で刊行に至る。
他に『Six Days』、ケータイHP「Dependence」上では新作『Dependence』などを掲載。

賭けた恋 ＜上＞

2008年10月25日　初版発行

著者	ナナセ
装丁・デザイン	鎌部善彦(ZEN)
発行者	高野 潔
発行所	株式会社アスキー・メディアワークス 〒160-8326 東京都新宿区西新宿4-34-7 電話03-6866-7324(編集)
発売元	株式会社角川グループパブリッシング 〒102-8177 東京都千代田区富士見2-13-3 電話03-3238-8605(営業)
印刷・製本	大日本印刷株式会社

ISBN978-4-04-867339-6 C0093